Gerd Süßmann   Topfgedanken

Ebenfalls von Gerd Süßmann lieferbar:

Windelpoesie. Gedichte eines Adult Babys
ISBN 978-3-7494 7033-4

Aus dem Leben eines Adult Babys
ISBN 978-3-7519 2138-1

Gerd Süßmann

Topfgedanken

Essays über das Leben als Adult Baby

Herstellung und Verlag: BoD – Books on Demand, Norderstedt

Printed in Germany

ISBN 978-3-7519 2177-0

Inhaltsverzeichnis

Vorwort

Das Tragen einer Windel ist ein wunderbares Gefühl, und wenn man sich als erwachsener Mensch zudem wie ein Baby benehmen darf und auch so behandelt wird, ist der Gipfel der Genüsse erreicht. Womit sich die Frage stellt, welches Verhalten ein erwachsener Mensch beim Praktizieren von Windel-Erotik an den Tag legen sollte, um in seiner Rolle möglichst authentisch zu sein. Dazu habe ich mir einige Gedanken gemacht, vornehmlich während der Topfzeit. Einige dieser ‚Topfgedanken' sind bereits in Fanmagazinen veröffentlicht worden, andere sind neu. In diesem Buch sind alle Topfgedanken erstmals vereint.

Zum Schluss noch eine Bemerkung, deren Inhalt zwar selbstverständlich ist, der aber dennoch betont werden soll: Alle Gedanken und Vorschläge stammen ausnahmslos von Personen über 18 Jahre und sind ausschließlich an diesen Personenkreis und damit an Erwachsene gerichtet, die freiwillig und aus eigenem Antrieb in die Rolle eines Adult Babys schlüpfen.

Nun aber genug der Vorrede. Ich wünsche allen Lesern viel Spaß bei der Lektüre und würde mich freuen, wenn ich mit meinen Gedanken die eine oder andere Anregung geben könnte.

Ihr/Euer
Gerd Süßmann

Warum liebe ich Windeln?

Neulich saß ich auf meinem Töpfchen und erinnerte mich an einen Artikel, den ich kurz zuvor gelesen hatte: Wenn man den Herstellern von Windeln glauben kann, produzieren sie heute mehr Windeln für Erwachsene als für Kinder. Diese Entwicklung kann weder mit der Zunahme von betagten Menschen auf Grund der demographischen Entwicklung noch mit einer Zunahme von Inkontinenz bei den älteren Herrschaften erklärt werden. Ganz offensichtlich gibt es viele Menschen im besten Alter, die gerne Windeln tragen, ohne dass es dafür eine medizinische Notwendigkeit gibt. Aber warum ist das so? Welcher Reiz animiert Menschen, freiwillig Windeln zu tragen? Warum trage ich sie eigentlich, dazu noch mit großer Begeisterung?

Mit dem Tragen von Windeln habe ich begonnen, als der Druck im Beruf immer stärker wurde. Irgendwann war es passiert, und bei einem neuen unangenehmen Auftragseingang entlud sich ein Strahl Urin in meinen Slip. Der Schock saß tief, auch wenn die Oberhose wie durch ein Wunder nichts abbekommen hatte. Im Laufe der nächsten Wochen wurde der Stress immer größer und es passierte mir immer öfter ein Malheur, schließlich sogar mehrmals am Tag. Anfangs versuchte ich das Risiko, dass die Oberhose feucht werden könnte, durch das Einlegen eines Handtuchs zu minimieren. Diese Maßnahme bewährte sich zwar, aber als besonders zuverlässig erschien sie mir nicht. Deshalb suchte ich nach einer Alternative und fand diese durch Zufall im Fernsehen in einem Werbespot für Slipeinlagen gegen Blasenschwäche. Als mir klar wurde, dass das von mir eingelegte Handtuch nichts anderes als eine primitive Form einer Windel war, suchte ich ein Sanitätshaus auf und wollte mir die besagten Slipeinlagen kaufen. Die Verkäuferin erkannte sehr schnell, wahrscheinlich an meinem vor Scham tomatenroten Kopf, dass ich keine Erfahrung mit Windeln hatte. Also ließ sie sich von mir mein Problem schildern und zeigte mir dann die mögliche Produktpalette. Ich entschied mich nach eingehender Beratung für Höschenwindeln (Pants) für den Tag und Windeln mit Klebeverschluss (Windelslips) für die Nacht. Zwar hätte ich auch tagsüber gerne die Windelslips getragen, aber da sich die Höschenwindeln wie normale Unterwäsche tragen lassen und ich im Büro oft genug die Toilette erreicht habe, schienen sie mir praktischer zu sein, vor allem mit Blick auf einen eventuell erforderlichen Windelwechsel.

Das Tragen einer Windel habe ich zunächst als ungewohnt, aber zugleich auch als sehr schön empfunden. Gut, das Gefühl zwischen den Beinen war irgendwie merkwürdig, anders als bei dem mit einem Handtuch gefüllten Slip, denn die Windel fühlte sich wesentlich dicker an und ich hatte das Gefühl, dass sie auch im trockenen Zustand zwischen meinen Beinen durchhängen würde. Zwar konnte ich vor dem Spiegel auch bei eingehender Betrachtung nichts Verdächtiges erkennen, aber dennoch hatte ich das Gefühl, dass mich alle Leute als Windelträger erkennen müssten. Bei diesem Gedanken nässte ich sofort ein, nun aber nicht wegen des beruflichen Stresses, sondern vor Aufregung wegen des Windeltragens.

Der berufliche Stress hielt noch ein paar Wochen an, und in dieser Zeit habe ich sowohl am Tag als auch in der Nacht, wenn ich die Tageserlebnisse im Traum verarbeitet habe, viele Windeln gut gefüllt. Schließlich wurde es aber ruhiger und die Zahl der Sonderaufträge ging spürbar zurück. Mit der Rückkehr zum normalen Dienstbetrieb sank auch meine Anspannung und ich wurde merklich ruhiger. Die normale Arbeitsroutine kannte und beherrschte ich, so dass ich mich immer mehr entspannte. Das wirkte sich auch auf meinen Harndrang aus, und so blieb die Windel in dieser Zeit immer öfter trocken. Merkwürdigerweise wollte ich sie trotzdem nicht mehr missen. Anfangs redete ich mir ein, dass es jederzeit einen Rückfall zum plötzlichen Einnässen geben könnte, aber als der immer länger ausblieb, hätte ich sie durchaus wieder durch einen normalen Slip ersetzen können. Trotzdem tat ich es nicht. Warum eigentlich nicht? Ich dachte lange darüber nach und kam zu dem Ergebnis, dass ich mich tatsächlich an das Windeltragen gewöhnt hatte: Eine vorübergehende Sicherheitsmaßnahme war damit zur Gewohnheit geworden, und daraus hatte sich bei mir eine Vorliebe entwickelt – der Grundstein für den Traum, ein erwachsenes Baby zu sein, war gelegt.

Ob es anderen Menschen auch so ergangen ist? Vielleicht. Möglicherweise sind andere Menschen aber auch klüger gewesen und haben nicht gewartet, bis sie in ihre Höschen genässt haben, sondern sind gleich zum Windelkaufen gefahren. Sozusagen als Prophylaxe. Das würde sie rechtzeitig absichern und ihnen dadurch viele aus Angst resultierende Schweißausbrüche vermeiden. Eine durchaus Nerven schonende Maßnahme, wie ich aus eigener Erfahrung weiß.

Aus meinem eigenen Antrieb zum Windeltragen und den Überlegungen zur Prophylaxe ergibt sich ein wichtiger Grund, warum ich Windeln liebe: Sie geben mir Sicherheit! Die Windel verhindert, dass eine Schwäche von mir der Umwelt bekannt wird und ich dadurch Hohn und Spott sowie wahrscheinlich berufliche Nachteile ernte. Aber warum habe ich nach Behebung des Problems nicht auf das Windeltragen verzichtet? Was hat mich bewogen, an ihnen festzuhalten?

Wahrscheinlich haben die Windeln bei mir auch ein Gefühl der Sorglosigkeit ausgelöst. Dank ihnen konnte ich mit Kollegen nach der Arbeit ruhig etwas trinken gehen, ohne mich auf dem anschließenden Nachhauseweg in eine dunkle Ecke drücken zu müssen, um mich zu erleichtern, oder mit dem Auto schneller als erlaubt fahren zu müssen, weil die Blase drückte und ich dringend die heimische Toilette erreichen musste. Während meine Kollegen diverse Probleme dieser Art zu lösen hatten, konnte ich unbemerkt die Windel füllen. Es war spürbar, wie ich angesichts meiner vorgeblichen ‚Selbstbeherrschung' in der Achtung der Kollegen stieg.

Diese Sorglosigkeit fand in der Nacht ihre Fortsetzung: Während andere Gefahr liefen, wegen ihres Tiefschlafes die Alarmsignale ihrer Blase nicht zu bemerken und ein nasses

Bett inklusive einer tobenden Ehefrau zu haben, konnte ich mich getrost in dem Wissen, dass im Falle eines Falles meine Windel saugfähig genug sei, niederlegen. Sofern ich doch von meiner Blase geweckt werden sollte, könnte ich immer noch entscheiden, ob ich tatsächlich aufstehen und schlaftrunken ins Badezimmer gehen oder einfach liegen bleiben wollte. Ich gebe zu, dass ich nach einer Feier so manches Mal in der Nacht aus Bequemlichkeit lieber in die Windel gemacht habe anstatt aufzustehen.

Aber abgesehen von den bisher geschilderten absichtlichen und unabsichtlichen Gründen für das Einnässen und damit der Notwendigkeit zum Windeltragen vermitteln mir Windeln auch in trockenen Phasen ein Gefühl von Wärme und Behaglichkeit, die sich zwar nur auf meine Körpermitte bezieht, aber von dort auf den gesamten Körper und meinen Geist auszustrahlen scheint. Man fühlt sich beschützt und sicher, so dass sich ein Gefühl von Geborgenheit auszubreiten scheint, dank dessen man entspannen und sich einfach fallen lassen kann. Auf Grund dieses Wohlgefühls entwickelt sich schließlich ein Hochgefühl, das auch das sexuelle Lustempfinden berührt und zu entsprechenden Gefühlen führt. Niemand wird ernsthaft bestreiten wollen, dass Lustempfinden schön sei, so dass auf diese Weise die Windel für denjenigen, der sich mental voll und ganz auf sie einlässt, zu einem Quell der Freude und des sexuellen Wohlbefindens werden kann.

Hinzu kommt, dass die Verrichtung der Notdurft eine nur begrenzt aufschiebbare Notwendigkeit unseres Körpers ist, dessen Blase oder auch Darm sich irgendwann selbst gegen den heftigsten Widerstand von Körper und Geist entladen wird. Also müssen Menschen ohne Windeln ihre gerade ausgeübten Tätigkeiten unterbrechen und sich manchmal sehr eiligen Schrittes in Richtung der Toiletten bewegen. Als Windelträger kann man die Natur in diesem Punkt ein Schnippchen schlagen – aber wegen der begrenzten Aufnahmefähigkeit der Windeln eben nur ein Schnippchen, denn auch die saugfähigste Windel stößt irgendwann an die Grenzen ihrer Aufnahmekapazität. Trotzdem entsteht ein Gefühl der Überlegenheit, vor allem dann, wenn sich bei einer Theatervorstellung oder einem ähnlichen Ereignis lange Schlangen vor den Toiletten bilden und so mancher angesichts der Dringlichkeit seines Bedürfnisses seine Contenance zu verlieren droht.

Wenn man sich auf das Tragen von Windeln und sogar auf ein, und sei es auch nur zeitlich begrenztes, Dasein als erwachsenes Baby einlässt, weiß man angesichts der gesellschaftlichen Ansichten, dass man im Falle eines Bekenntnisses zu seiner Vorliebe in der öffentlichen Wahrnehmung ein Außenseiter werden würde. Dennoch weiß man vom Ausleben seiner Phantasien im Kopfkino oder in einer geschützten Umgebung und von der Gewissheit, dass bestimmt der eine oder die andere in der Gesellschaft nur zu gerne genauso leben würde. Das Wissen um das eigene Geheimnis und die Unkenntnis der anderen sorgt für einen gewissen Unterhaltungswert. Das Spüren der Windel zwischen meinen Beinern und der Gedanke, dass ich etwas tun kann, was sich niemand

14

anderes trauen würde, nämlich einzunässen, während mir jemand mit hochwichtiger Miene etwas Banales erklärt, sorgt für ein spürbares Hochgefühl, mit dem auch die langweiligste Veranstaltung für mich zu einem Spaß werden kann. Vielleicht ist es auch das Wissen, dass ich etwas in den Augen der anderen völlig Verrücktes machen kann wie beispielsweise mitten auf einer Tanzfläche den Urin laufen zu lassen, ohne dass es dank der Windel negative Folgen für mich hat, oder etwas auslebe wie zum Beispiel meine Vorliebe des Daseins als erwachsenes Baby, was das Windeltragen so reizvoll macht. Ich würde sogar sagen, dass durch dieses Gefühl des Außergewöhnlichen meine Stellung innerhalb der Gesellschaft in meiner eigenen Wahrnehmung eine andere geworden ist: Habe ich mich früher so manchem Mitmenschen deutlich unterlegen gefühlt, habe ich jetzt dank meiner Vorliebe für Windeln ein ganz anderes Verständnis von mir und meiner Bedeutung. Aus diesem gestiegenen Selbstbewusstsein schöpfe ich nicht nur Kraft für die Arbeit, sondern auch Inspiration im Freizeitbereich.

Nach diesen Betrachtungen kann ich nun auf die Ausgangsfrage zurückkommen, nämlich warum ich mit großer Begeisterung Windeln trage. Das Ergebnis ist überraschenderweise ein vielfältiger Strauß von Gründen, die sich in drei Kategorien zusammenfassen lassen:

Da ist zum einen die Kategorie der Notwendigkeit. Das bedeutet, dass das Tragen einer Windel der Neutralisierung eines Problems, in meinem Falle der Folgen einer Stressinkontinenz, dient. Neben der Sicherheit erzeugt sie ein Gefühl der Befreiung, indem sie für mich erlebbar die Folgen des Leistungsdrucks abmildert. Beim Vorliegen eines Grundes aus dieser Kategorie ist das Windeltragen aus Gründen des Selbstschutzes geradezu eine Verpflichtung.

Des Weiteren lässt sich das Windeltragen mit den dadurch entstehenden Möglichkeiten der Sorglosigkeit und der Bequemlichkeit begründen. Gerade letzteres dürfte eine gewichtige Rolle spielen, denn wer des Öfteren nachts aufstehen muss, lernt eine Windel schnell schätzen – vor allem in einer kalten Winternacht. Liegt ein Grund aus dieser Kategorie vor, ist das Windeltragen keine Pflicht, sondern eine freiwillige Maßnahme zur Steigerung der eigenen Lebensqualität.

Schließlich sehe ich auch noch die Kategorie des Genusses als Grund für das Windeltragen. Auch hier erfolgt die Windelung nicht aus einer Notwendigkeit, sondern aus einem freiwilligen Wollen heraus, bei dem das Wohlgefühl und das Wissen, etwas Außergewöhnliches zu tun, im Vordergrund stehen. Das Tragen von Windeln dient in dieser Kategorie überwiegend der Freude und dem eigenen Vergnügen.

Während ich auf dem Töpfchen sitze, komme ich zu dem Schluss, dass es letztlich egal ist, aus welchem Grund man zum Windeltragen gekommen ist. Wichtig ist in meinen Augen, dass man irgendwann seine Freude daran entdeckt hat. Wenn man diese gefunden hat, wird man sicher irgendwann weitergehen und sich fragen, wie es wohl wäre, wieder ein Baby zu sein. Von der Windel als Einstieg bis zur Vorliebe eines Daseins als erwachsenes Baby ist es dann nur noch ein kurzer Weg. Ich bin ihn gegangen und bereue es nicht!

Dürfen erwachsene Babys Schambehaarung haben?

Neulich saß ich wieder auf meinem Töpfchen. Da es kurz vor meiner Bettzeit war, hatte mich Mami schon bis auf mein Hemdchen ausgezogen. Bevor ich aber zum Pipimachen auf das Töpfchen durfte, hatte sie mich wieder rasiert. Nein, nicht im Gesicht, sondern zwischen meinen Beinen. Das macht sie alle zwei bis drei Tage, weil es nach ihren Worten hygienischer sei und weil ich als erwachsenes Baby keine Schamhaare tragen dürfe. Während ich so dasaß, kam ich ins Grübeln.

Natürlich lebe ich nicht immer als großes Baby, denn selbstverständlich muss ich arbeiten gehen, um den Lebensunterhalt zu verdienen. Meine ‚Mami' ist in Wirklichkeit auch nicht meine Mutter, nicht mal eine Verwandte, sondern meine Freundin, mit der ich diese Form des Ageplay praktiziere, weil wir beide in unserer jeweiligen Rolle die größte Erfüllung finden. Im ‚normalen', also dem gesellschaftlich akzeptierten Leben als Mann und Frau bediene ich sie natürlich auch sexuell mit meinem Glied und meiner Zunge, wobei wir hin und wieder auch einschlägige Magazine lesen oder Videos anschauen, um neue Ideen zu bekommen.

Während ich so auf meinem Töpfchen saß und nachdachte, wurde mir bewusst, dass seit einigen Jahren zumindest die weiblichen Darstellerinnen fast ausschließlich eine rasierte Intimzone haben. Das Ganze geht sogar so weit, dass Filme, in denen die Frauen ‚behaarte Muschis' haben, auf ihrem Cover ganz groß darauf hinweisen. Es scheint also, dass eine Intimrasur bei Frauen vollkommen normal ist. Sogar meine Mami/Freundin ist rasiert. Aber wie sieht das bei Männern aus? Nun, glaubt man den Internetforen, in denen über dieses Thema diskutiert wird, dann ist es auch für Männer in Ordnung, wenn sie ihren Juwelensack und den Liebesspeer rasieren. Das macht ja auch Sinn, denn wer schon einmal eine behaarte Muschi geleckt hat weiß, wie unangenehm Haare im Mund sein können. Gut, als Strafmaßnahme eignet es sich natürlich sehr gut, einen ungezogenen Mann zur oralen Befriedigung der behaarten weiblichen Lustgrotte zu verurteilen, aber im normalen Sexualverkehr sind rasierte Genitalien offensichtlich der Normalzustand.

An diesem Punkt angekommen, schaute ich an mir herunter. Ich nahm sogar mein Pimmelmännchen hoch, um mein kleines Säckchen genauer betrachten zu können, dass frisch rasiert vor mir lag. Sofort dachte ich an Mamis Begründungen für die Rasur. Ist es wirklich hygienischer, oder macht es ihr nur Spaß, mit meinen intimsten Stellen zu hantieren, während ich auf gar keinen Fall mein Säckchen entleeren darf, weil Mami das als ungezogen einstufen und mir mit einer Haarbürste den Popo verhauen würde? Dass das keine leere Drohung ist, habe ich bei den ersten Rasuren zu spüren bekommen...

Nachdem ich nun Pipi gemacht hatte und mich Mami frisch gewindelt ins Bettchen gesteckt hatte, verschwammen meine

Gedanken zur Intimrasur. Mit dem Gedanken, am nächsten Tag zu diesem Thema zu recherchieren, schlief ich ein.

Den nächsten Tag verbrachte ich nicht nur mit der normalen Arbeit, sondern führte in den Pausen meine Recherchen durch. Als ich am Abend wieder auf meinem Töpfchen saß, begann ich das neu gewonnene Wissen zu ordnen. Dabei wurde mir erstmals bewusst, dass bis heute niemand weiß, welchen Sinn die Schambehaarung eigentlich hat. Lediglich ein paar Theorien gibt es dazu: Manche behaupten, dass die Schamhaare wie der Pelz eines Tieres unsere Genitalien vor Hitze und Kälte schützen sollen. Nun ja, das klingt vernünftig, denn die Fortpflanzung ist ja ein wichtiger Bestandteil der Natur und damit auch des Menschen. Da auch der Kopf gewöhnlich behaart und als Denk- und Steuerungszentrale für das Überleben unseres Organismus sehr wichtig ist, könnte darin eine Parallele bestehen. Außerdem verfügen wir Menschen über eine individuell unterschiedlich ausgeprägte Körperbehaarung, sodass man hierin ebenfalls einen Rest des ursprünglich natürlichen Schutzes des menschlichen Körpers vor Witterungseinflüssen sehen kann.

Andere wiederum vermuten, dass die Behaarung beim Geschlechtsakt als Puffer zur Schmerzvermeidung dienen soll. Das überraschte mich, denn wenn ich meine Mami in ihrer Funktion als Freundin nehme, verspüren wir beide selbst bei den härtesten Stößen oder, wenn sie oben liegt, den wildesten Ritten keine Schmerzen – aber genau die müssten wir doch empfinden, weil wir ja beide rasiert sind.

Es gibt noch ein paar weitere Theorien, die aber auch nicht bewiesen sind und eher am Rande diskutiert werden. Im Ergebnis bleibt nur die Feststellung, dass kein Fachmann weiß, warum wir Schambehaarung haben. Die Frage nach ihrem Sinn ist also weiter offen. Aber kann Mami dann sagen, dass es hygienischer sei, wenn ich zwischen meinen Beinchen rasiert bin?

Gerade, als ich bei diesem Gedanken angekommen war, entließ mein Pimmelmännchen das Pipi ins Töpfchen. Weil ich aber gerade so schön beim Nachdenken war, sagte ich Mami nichts davon, weil sie mich dann sofort ins Bett gesteckt hätte. Aber ich wollte den Gedanken zu einem Ende bringen.

Tatsächlich wird die Hygiene beinahe immer als Argument für eine Intimrasur angeführt. Als Begründung heißt es, dass die Genitalien dadurch leichter und intensiver gewaschen werden könnten. Ich schaute an mir herunter und dachte an die Zeiten, als dort unten noch ein ungezähmter Dschungel war. Nach dem Pipimachen habe ich als erwachsener Mann mein Glied natürlich gesäubert, aber nach dem Richten des Slips kam doch hin und wieder ein Tropfen, der dann ins Höschen ging. Wenn mal etwas mehr kam, weil ich es nicht rechtzeitig auf die Toilette geschafft hatte, war das Höschen feucht, aber wegen der unmittelbaren Nähe zu den Schamhaaren damit auch diese und meine Haut. Selbst nach einem gründlichen Waschen hatte ich immer den Eindruck, dass ich untenherum nach Pipi müffeln würde – ich habe nicht herausgefunden, ob das stimmte oder ich es mir nur eingebildet hatte. Jetzt, Jahre später, kam mir der Gedanke, dass die Schamhaare vielleicht das Reinigen der darunter befindlichen Haut behindert haben könnten, sodass sich dort Spuren von Pipi gehalten haben und ich tatsächlich ein wenig gemüffelt habe. Demnach hätte Mami also recht und es wäre hygienischer, die Schambehaarung zu entfernen, denn natürlich möchte ich sauber sein. Allerdings hatte ich gelesen, dass Schamhaare die Intimstelle vor Infektionskrankheiten schützen sollen. Würde das stimmen, müssten solche Krankheiten angesichts der zahlreichen rasierten Menschen geradezu grassieren, aber man hört nichts Dementsprechendes. Außerdem ist das beste Mittel gegen Infektionskrankheiten eine gründliche Körperpflege, aber die würde sich doch bei rasierten Genitalien besser durchführen lassen. Als ich an diesem Punkt angekommen war, stimmte ich Mami in Bezug auf die bessere Hygiene zu.

Aber was war mit ihrem zweiten Argument? Sie hatte behauptet, dass ich als erwachsenes Baby keine Schamhaare tragen dürfe. Dieser Punkt hatte mich natürlich den ganzen Tag über viel mehr beschäftigt, denn wenn ich schon auf Erwachsenengröße geschneiderte Babysachen nebst Schnuller trage und meine Rolle als Baby auch sonst so detailgetreu wie möglich ausleben möchte, sollte auch dieses Detail stimmen.

Bei meinen Recherchen hatte ich herausgefunden, dass man als Kind tatsächlich keine Schambehaarung hat. Diese fängt offensichtlich erst am Anfang der Pubertät zu wachsen an, wobei bei den Mädchen diese Entwicklung bereits bis zu zwei Jahre früher als bei den Jungen eintreten könne. Nach zwei

Jahren des Wachstums haben die Menschen eine voll ausgebildete Schambehaarung. Damit hätte auch ich im echten Babyalter keine Schambehaarung gehabt, sondern sie erst zu Beginn meiner Pubertät bekommen. Leider hatte ich damals nicht darauf geachtet und weiß heute nicht mehr, ob dem so war, aber ich glaube den Wissenschaftlern. Dann hätte Mami aber auch mit ihrem zweiten Argument Recht und ich sowie alle anderen müssten, um als erwachsenes Baby so authentisch wie möglich zu sein, untenherum blitzblank sein.

Mit dem Gedanken, ob das allen erwachsenen Babys bekannt ist, ließ ich mich von Mami säubern und für die Nacht windeln. Dabei wurde ich sehr erregt, sodass mir ein weiteres Argument für eine Intimrasur, auf das ich bei meinen Recherchen gestoßen war, in den Sinn kam: Demnach können rasierte Genitalien zu einem intensiveren Körperempfinden bei Berührungen sowie zu einer besseren Wahrnehmung der Luft und ihrer Temperatur führen. Unangenehm könnte es jedoch im Fall von Kälte werden, weil auch diese intensiver wahrgenommen werde. Aber darüber habe ich nicht mehr nachgedacht, sondern Mamis Hände auf meiner Haut beim Säubern und Windeln meiner Genitalien genossen...

Lebenstraum Erwachsenenbaby
- realisierbar oder Utopie?

Neulich saß wieder ich auf meinem Töpfchen und kam ins Sinnieren. Jeder Mensch hat seine eigenen Träume: Manchmal ist es nur einziger großer Wunsch, oftmals aber ein bunter Strauß, den man sich nur zu gerne erfüllen würde. Leider fehlen fast immer die Voraussetzungen zu seiner Umsetzung, aber gerade das macht ja das Träumen so wunderbar!

Manchmal werden Träume jedoch für einzelne Menschen Wirklichkeit. Ich erinnerte mich, dass ich mal eine Rankingshow sehen durfte, bei der mich eine Platzierung besonders fasziniert hat: Auf Platz 19 wurde über einen Engländer (oder war es doch ein Amerikaner?) berichtet, der als erwachsenes Baby lebt. Nicht etwa nur für ein paar Stunden am Tag, sondern volle 24 Stunden an sieben Tagen in der Woche! Nach eigener Aussage hat er keine Erwachsenenkleidung mehr, so dass er in (natürlich für seine Größe maßgeschneiderten) Babykleidern inklusive Windel und Schnuller gekleidet ist und darin sogar durch die Straßen geht – wenn er sich nicht in seiner für viel Geld zu seinem persönlichen Babyparadies hergerichteten Wohnung aufhält. In seinem Leben als ‚Rund-um-die-Uhr-Baby' gibt es natürlich auch (gut bezahlte) Frauen, die ihm die Windeln wechseln, ihn waschen und all die Dinge tun, die Mamis eben so machen. Ob er diese Betreuung ebenfalls 24 Stunden an sieben Tagen in der Woche genießt, wurde in dem Bericht nicht erwähnt, aber: Dieser Mann hatte den

Traum von einem Leben als erwachsenes Baby und er lebt ihn inzwischen tagtäglich aus – da könnte man schon neidisch werden.

In den Tagen danach habe ich oft während meiner Topfzeit an die Sendung denken müssen. Dabei wurden mir nach und nach mehrere Dinge bewusst: Zum einen war es die Tatsache, dass es ein erwachsenes Baby ins Ranking geschafft hat. Angesichts des Gegenstandes der Sendung beweist das, dass der Traum von einem solchen Leben als skurril angesehen wird. Allerdings gilt er offensichtlich nicht als völlig ungewöhnlich, denn immerhin haben sich 18 andere Lebensträume vor ihm platzieren können, gelten also als noch skurriler. Darüber geriet ich ins Sinnieren: Ist es ein Zeichen von langsam einsetzender Normalität, wenn der Traum von einem Leben als erwachsenes Baby erst auf Platz 18 einer 25 Plätze umfassenden Rankingliste auftaucht? Hätte man ihn nicht unter den TOP 3 erwarten dürfen, in einem engen Kopf-an-Kopf-Rennen mit Sadomasochismus und Spanking? Ich meine Ja, denn das entspricht doch unserer Meinung von der Sichtweise, wie uns ‚die Anderen' sehen. Aber sowohl Sadomasochismus als auch Spanking fehlten in der Rankingliste! Oder ist die fehlende Platzierung von Freunden der etwas härteren Gangart vielleicht ein Indiz für eine langsame gesellschaftliche Akzeptanz der erwachsenen Babys, während Sadomasochismus und Spanking von der ‚etablierten Gesellschaft' weiterhin in der Schmuddelecke belassen und in solchen Ranglisten ignoriert werden? Fragen über Fragen, aber keine Antworten.

Ich wurde nachdenklich und in den kommenden Tagen dachte ich während meiner Topfzeit viel über dieses Thema nach. Dabei fragte ich mich, ob ich mir ein komplettes Leben als Erwachsener in Babysachen vorstellen könnte. Natürlich habe ich das bejaht, aber warum lebe ich mein Vorliebe dann nicht einfach aus? Ganz einfach: Weil ich nicht das Geld habe, um mich entsprechend einkleiden und die erforderlichen Hilfsmittel kaufen zu können. Weil das Geld fehlt, um die Wohnung entsprechend herrichten und möblieren zu können. Weil die Mittel nicht ausreichen, um Frauen zu meiner Betreuung und Beaufsichtigung anstellen zu können. Viele gute Gründe, die alle eine Ursache haben: Es fehlt mir das Geld für die Umsetzung meines großen Traumes. Demnach wäre es also eine reine Geldfrage. Klingt logisch und ist zudem eine ganz einfache Antwort - aber ist sie auch die Richtige?

Nach längerer Zeit des Nachdenkens und des immer wieder Vergegenwärtigens des Berichtes über den Mann, der sich seinen Traum erfüllt hat, wurde mir klar, dass noch viel mehr dahinter stecken muss, wenn ich meinen Traum nicht lebe: Der Mann aus dem Bericht ist reich und braucht nicht mehr zu arbeiten! Ich hingegen muss jeden Werktag zur Arbeit, um das Geld für meinen Lebensunterhalt und die Windeln zu verdienen. In einer von hoher Arbeitslosigkeit geprägten Zeit gibt es fast immer deutlich mehr Bewerber als freie Stellen, egal, in welchem Beruf man sucht. Würde man als Arbeitgeber jemanden einstellen, der seinen Lebenstraum mutig lebt? Wohl kaum, denn der Bericht im Fernsehen kam ja nicht umsonst in der Rubrik ,Skurrile Lebensträume'. Gilt man in unserer Gesellschaft als skurril und hat man mindestens einen Mitbewerber, dürfte die Chance auf einen Arbeitsplatz gleich Null sein. Aber selbst wenn man bereits einen Arbeitsplatz hat, wird man beim Ausleben seines Lebenstraumes vom Dasein als Erwachsenenbaby sicher sehr schnell weggemobbt – was der Arbeitgeber und die Kollegen natürlich offiziell ganz anders begründen würden, denn schließlich muss man ja gegebenenfalls einen Prozess vor dem Arbeitsgericht gewinnen. Und seien wir mal ehrlich: Passt eine qualifizierte Berufsausübung zum Wesen eines richtigen Babymannes oder einer Babyfrau? Wohl nicht, also müssten wir schon aus unserem Selbstverständnis heraus die Arbeit einstellen. Ohne Arbeit kein Geld, und ohne Geld kein Leben als erwachsenes Baby – eine ganz einfache Rechnung.

Hinzu kommen die Anfeindungen, mit denen man als bekennendes Erwachsenenbaby rechnen muss. Damit meine ich weniger die Reaktionen der Freunde und die Auswirkungen auf ein bereits bestehendes Familienleben, sondern das Verhalten der Leute auf der Straße. Natürlich werden sich einige kopfschüttelnd umdrehen, während sich andere köstlich amüsieren und Witze auf unsere Kosten reißen würden. Die Masse würde uns wohl ignorieren, aber eine kleine Minderheit dürfte uns gegenüber vollkommen intolerant sein, so dass sogar Gewalttätigkeiten möglich sind, zumindest muss man damit jederzeit rechnen. Darf man in einem solchen Fall dann aus der Rolle fallen und sich wehren? Oder müsste man einstecken und hoffen, dass die Schläger bald aufhören werden oder die Polizei einen befreit? Eigentlich letzteres, aber wer hält schon still? Es liegt in der menschlichen Natur, dass wir im Falle eines Angriffes fliehen oder, wenn das nicht möglich sein sollte, uns nach allen Kräften wehren. Damit würden wir aber unsere selber gewählte Lebensrolle und damit unseren Lebenstraum im Falle einer Gefahr für einen Moment verlassen. Warum sich dann aber überhaupt in Gefahr begeben? Als reicher Mensch kann man sich bestimmt einen Schutz kaufen, der so diskret gewährt wird, dass die Illusion eines unbeschwerten Lebens als Erwachsenenbaby aufrecht erhalten werden kann. Aber eine solche Möglichkeit besteht nur für denjenigen, und hier schließt sich wieder der Kreis, der über entsprechende Geldmittel verfügt.

An diesem Punkt meiner Überlegungen angekommen, habe ich das Fazit gezogen, dass ein 24/7-Leben als Erwachsenenbaby nur für einen wirklich reichen Menschen möglich ist, während es für alle anderen ein großer Traum bleiben wird. Damit drängt sich aber die Frage auf, warum sich dann überhaupt einer von uns in einer Rankingliste platzieren konnte, anstatt wie Sadomaso- und Spankingfreunde ignoriert zu werden? Zudem auf einem der hinteren Plätze, anstatt die Liste der Skurrilitäten anzuführen?

Natürlich habe ich auch darüber nachgedacht. Vor fünfzig Jahren wäre man wohl bei einem öffentlichen ‚Auftritt' als erwachsenes Baby in der Psychiatrie gelandet, weil man als ‚krank' und als schlechtes Vorbild für die Kinder gegolten hätte. Tatsächlich sehe ich auch heute das Problem, dass Eltern ihren kleinen Kindern das Herumlaufen von Erwachsenen in überdimensionaler Babykleidung erklären müssten. Das ist sicher schwierig. Andererseits ist die Gesellschaft wohl etwas toleranter geworden, wenn man diese Neigung in seinen vier Wänden, also in seiner eigenen Privatsphäre, auslebt. Woher also diese teilweise Toleranz?

Schließlich kam mir die Idee eines Zusammenhangs mit der demographischen Entwicklung: In einem Land, in dem immer mehr ältere Menschen leben, nehmen die Inkontinenzprobleme zu, so dass immer mehr Menschen tatsächlich Windeln tragen müssen. Schon jetzt werden ja mehr Windeln für Erwachsene als für Kinder produziert. Vielleicht hat ja das Wissen um immer mehr ‚echte' Windelträger die gesellschaftliche Toleranzgrenze gegenüber Erwachsenenbabys verändert?

Hinzu kommt möglicherweise auch, dass wegen der demographischen Entwicklung die Berufe der Altenpflegerin und der Krankenpflegerin für die nächsten Jahrzehnte Boombranchen sein werden. Die in diesen Bereichen arbeitenden jungen Leute von heute erleben während ihrer täglichen Arbeit Windelträger und dürften merken, dass das ganz normale Menschen sind. Warum also sollte der nette Nachbar von nebenan, der immer freundlich und höflich ist, nicht auch in seinem Denken und Verhalten normal sein, auch wenn er gerne in die Rolle eines Babys schlüpft, zumal die jungen Leute selber gerne am Computer Rollenspiele spielen und Könige, Zauberer oder Elfen sind? Deshalb könnte auch hierin ein Einflussfaktor auf das Toleranzverständnis der Gesellschaft liegen, zumal jeder gerne mal in eine Rolle schlüpft: Allerdings ist es gesellschaftlich anerkannter, ein realer Hobbyzauberer, Jongleur oder Rennfahrer als ein erwachsenes Baby zu sein.

Im Ergebnis kam ich zu dem Schluss, dass sich die Toleranzbereitschaft der Gesellschaft bezüglich der Erwachsenenbabys im Gegensatz zu Sadomaso- und Spankingfreunden etwas gewandelt zu haben scheint, es sich dabei aber lediglich um erste Ansätze und noch keine wirklichen Fortschritte handelt. Dennoch macht die hintere Platzierung von ‚einem von uns' Mut, dass in ferner Zukunft ein 24/7-Leben als Erwachsenenbaby möglich ist. Allerdings wohl auch nur dann, wenn man über genügend Geld zur Finanzierung dieses Traums verfügt, sodass in der Realität wohl nur einzelne dieses Glück haben werden. Für die überwältigende Mehrheit wird es sicher ein unerreichbarer Traum bleiben, der nur zeitweise in den eigenen vier Wänden ausgelebt werden kann. Aber es ist ein schöner Traum...

.

Mag ich lieber Windeln oder das Töpfchen?

Neulich saß ich vor dem Zubettgehen wieder auf dem Töpfchen. Mami besteht darauf, dass ich es abends benutze, bevor ich meine Windel für die Nacht bekomme. Da sie auch
gerne abwartet, ob ich A-A mache, lässt sie mich schon mal
länger darauf sitzen, auch wenn ich schon Pipi gemacht habe
und nicht ‚Groß' muss. Natürlich stellt sie sich meistens nicht
daneben, sondern zieht mir Hose, Schlüpferchen, Gummihose
und Windel aus, setzt mich ab und kümmert sich danach um
den Haushalt.

Wie ich also mit nacktem Unterleib auf meinem Topf saß und
das Pipi laufen ließ, überkam mich ein Wohlgefühl. Ich empfand es aus unerklärlichen Gründen als toll, unten blank zu
sein und die Luft auf meiner Haut zu spüren. Aber wie konnte
das sein? Ich hatte mir doch erst ein paar Tage zuvor Gedanken darüber gemacht, warum ich das Tragen von Windeln so
liebe, und nun mochte ich plötzlich das Töpfchen? Was mochte ich denn nun lieber? Diese Frage beschäftigte mich, und ich
versank in Gedanken.

Zunächst überlegte ich mir, mit welchen Aussagen ich meine
Liebe für Windeln begründet hatte. Sofort fiel mir wieder der
bunte Strauß an Gründen, den ich in drei Kategorien eingeteilt
hatte, ein: Erste Kategorie: die Notwendigkeit, das heißt, eine
Windel gibt Sicherheit bei einem wirklichen Problem und damit
zugleich ein Gefühl der Befreiung. Zweite Kategorie: Sorglosigkeit und Bequemlichkeit als freiwillige Maßnahme zur Stei-

gerung der eigenen Lebensqualität. Dritte Kategorie: der Genuss, weil eine Windel das Wohlgefühl und das Wissen, etwas Außergewöhnliches zu tun, stärken.

Aber wenn all das für das Wohlbefinden dank Windeln steht, konnte ich doch unmöglich das Töpfchen auch ganz dolle lieb haben, oder? Andererseits zeitigt eine Windel natürlich immer das Gefühl eines Kleidungsstückes, das zudem die Reaktionen des Gliedes beeinträchtigt. Und nicht nur das: auch die Berührungen meiner Mami werden durch das dicke Vlies und womöglich der Gummihose abgemildert, dringen also nicht mit ihrer ganzen Wirkung zu mir durch. Auf dem Töpfchen ist mein Pimmelmännchen von seinem Gefängnis befreit und kann sich bei entsprechenden Eindrücken ungehindert entfalten. Und Mami liefert mir viele erregende Momente durch An- und Einblicke, Blicke, Gesten und Worte! Allerdings stellt der Rand des Töpfchens eine harte Grenze der Entfaltung dar, die nicht mit der weichen Windel zu vergleichen ist. Trotzdem ist es immer wieder schön zu sehen, wie Mami mein kleines Schwänzchen anschaut, wenn es ganz groß geworden ist. Eine Windel verwehrt ihr diesen Anblick.

Dann kam mir ein weiterer Gedanke: Wenn ich in die Windel pullere, dann versiegt irgendwann der Pipistrom und das war es dann auch schon. Irgendwann werde ich ausgezogen, gewaschen und neu gewindelt, so dass ich einmal in den Genuss der Berührung meines Pimmelmännchens durch Mami komme. Anders hingegen beim Topfen: Hier werde ich gleich nach der Verrichtung meines Geschäfts von Mami gründlich gereinigt und damit auf erregende Weise berührt. Danach geht es auf den Wickeltisch, wo ich neu gewindelt werde – und auch dabei werde ich von Mami an intimster Stelle berührt. Vielleicht nicht so intensiv wie beim ‚Nur-Wickeln', aber immerhin. Theoretisch könnte ich also zweimal das andere Pipi ablassen, beim Windeltragen nur einmal. Ob es tatsächlich dazu kommt, ist eine andere Sache, die von vielen Faktoren beeinflusst werden kann, aber ich hätte die Möglichkeit.

Andererseits hat die Benutzung einer Windel den Vorteil, dass Mami meinen Unterleib gründlicher als nach dem Topfen waschen muss, weil durch das längere Tragen der vollen Windel auch mehr Gründlichkeit beim Saubermachen erforderlich ist. Bei der Topfbenutzung geht alles direkt vom Pimmelmännchen oder dem Popo in das Töpfchen, so dass nicht viel Körperfläche mit dem Unrat in Berührung kommt. Das erleichtert Mami natürlich ganz ungemein die Arbeit, und das finde ich selbstverständlich auch ganz toll, denn was sie an Zeit für meine Körperpflege einspart, kann sie mit Spielen oder Vorlesen verbringen, also zu meiner Unterhaltung nutzen. Mag ich das Töpfchen also deshalb lieber, weil es Mami die Arbeit mit mir erleichtert?

Dann durchfuhr mich ein anderer Gedanke: Erinnert mich das Sitzen auf einem Töpfchen etwa an eine Toilette, wie ich sie als Erwachsener in der ‚Außenwelt' benutzen muss? Gehe ich deshalb so gerne auf den Topf, weil er in gewisser Weise einen Kompromiss zwischen meinem Dasein als Erwachsener und meiner Vorliebe für ein Dasein als großes Baby darstellt?

Denkbar wäre es, denn die Sitzhaltung ist grundsätzlich die gleiche, wenn auch beim Topf tiefer angesetzt, und die bunten Kinderbilder auf dem Töpfchen zeigen zusammen mit der Tiefe des Sitzens einen Unterschied zum Erwachsenendasein an. Also ein guter Kompromiss? Ich ließ mir diesen Gedanken einige Zeit durch den Kopf gehen und fand ihn durchaus interessant.

Allerdings kam mir sogleich ein neuer Gedanke: Vielleicht mag ich das Töpfchen auch wegen des Wohlgefühls, dass insbesondere durch seine Wärme ausgestrahlt wird und durch das Gefühl, etwas Ungewöhnliches zu tun? Empfinde ich also genau das Gleiche wie in der dritten Kategorie der Begründung für die Liebe zur Windel? Ein ungeheuerlicher Gedanke, aber ungewöhnlich sind das Tragen von Windeln und das Sitzen auf einem Töpfchen sicherlich, und das löst natürlich auch ein Gefühl des Genusses aus. Aber kann das reichen? Was ist mit dem Wohlgefühl? Tatsächlich entsteht in einer Windel Wärme, die ein solches Empfinden auslöst, während eine Topfsitzung das nicht erzeugen kann. Aber ist es gerade das, was den Topf so interessant macht? Immerhin trage ich mit Ausnahme der Wasch- und Badezeit sowie der Zeit des Wickelns eine Windel, also fast den ganzen Tag. Damit habe ich aber auch in der ganzen Zeit die Wärme, die zwar Wohlbefinden hervorruft, was aber durch die täglich lange Zeit dieses Wohlgefühls vielleicht zu einem Sehnen nach Abwechslung führt. Diese Abwechslung habe ich auf dem Töpfchen, wenn ich dort mit vollständig entblößtem Unterleib sitze. Statt Wärme spüre ich die Luft des Raumes auf meiner bloßen Haut, was eine Abwechslung zur Wärme der Windel darstellt. Mag ich also weniger das Töpfchen als vielmehr das Gefühl der Nacktheit? Wenn dem so wäre, dürfte ich der Blöße ebenfalls schnell überdrüssig werden, sodass die Wärme der Windel und die Freiheit der nackten Haut während der Topfzeit gut gemischt sicher ein Optimum an Wohlgefühl erzeugen dürften. Aber in welchem Verhältnis sollten die beiden Varianten stehen und dürfte ich vielleicht in meiner Freizeit einfach nur unten ohne herumlaufen?

Nun, die zweite Frage hatte ich schnell beantwortet: Da ich es trotz meines Alters liebe, als Baby gekleidet und behandelt zu werden, muss ich auch untenherum so gekleidet sein. Ein nacktes oder halbnacktes Herumlaufen würde zu schnell an die Freikörperkultur erinnern, aber mein Beweggrund ist ja das Babysein. Also muss ich auch Windel und Gummihose tragen, zumal es ja in Bezug auf Windeln auch noch die beiden anderen, oben genannten Kategorien gibt, die für Windeln sprechen. Blieb also die Frage nach dem Verhältnis von Topf- und Windelzeit.

Nach längerem Grübeln kam ich zu dem Schluss, dass es völlig ausreiche, wenn man, die Möglichkeit vorausgesetzt, dreimal am Tag für maximal fünfzehn Minuten auf das Töpfchen gesetzt wird. Eine längere Sitzungsdauer dürfte ungemütlich werden, weil die Beine einschlafen, was unangenehm ist. Außerdem reichen sowohl Anzahl als auch Zeitspanne aus, um das Topfen zu einem schönen Erlebnis zu machen, denn wenn ich es mir recht überlege, pullere ich lieber in die Windel und genieße das Umspielen meines kleinen Säckchens durch das Pipi und sein Umschmeicheln meiner Popospalte. Das Präsentieren meines nackten Gliedes beim Topfen und sein anschließendes doppelten Anfassen durch Mami kann da nicht immer mithalten. Nein, mein Fazit stand fest: Ich liebe die Zeit auf dem Töpfchen und ganz besonders das Abwischen meines Pipimännchens mit anschließender Windelung, aber das Befüllen meiner Windel und das anschließende Tragen der nassen oder gar vollen Windel ist für mich ein viel größerer Reiz als das Vollmachen des Topfes. Aber es ist eine schöne Abwechslung, und genau darin dürfte der Reiz des Topfens liegen: Er stellt eine andere Vorgehensweise dar, und ob Erwachsene oder Babys: Wir lieben Abwechslung, und genau deshalb liebe ich wohl das Töpfchen. Insoweit sind beide gleichwertig, aber wenn ich mich entscheiden müsste, würden die Windeln mit ihrer Vielfalt (Slipeinlage, Pants, Slip) und ihren Kombinationsmöglichkeiten mit süßen Gummihöschen und Schlüpferchen wohl doch immer die Nase etwas weiter vorn haben als das Töpfchen.

Babysprache oder normales Reden?

Neulich saß ich wieder auf dem Töpfchen und dachte an Dies und Das. Dabei beschäftigte ich mich natürlich auch mit unserer Vorliebe, und in diesem Zusammenhang erinnerte ich mich an eine Folge in einer der Fernsehserie. Darin wollten zwei Mädchen in eine Collegeverbindung aufgenommen werden und mussten als ‚Aufnahmeritual' einen Tag in Babykleidung inklusive Windeln auf dem Campus herumlaufen. Neben dem tollen Anblick der beiden Schauspielerinnen war aber das Entscheidende, dass sie offensichtlich nur Babylaute von sich geben durften. Für die Serie war das sicher einer der Momente, in der viele Leute in Gelächter ausgebrochen sein werden. Aber nun überlegte ich mir, wie das denn mit unserer Vorliebe so ist? Angesichts der Aufmachung der beiden Damen in der Serie und deren humoristische Grundausrichtung war ‚Babysprech' eine durchaus konsequente Anforderung – aber sind wir bei unserem Ausleben der Vorliebe auch so konsequent? Macht das überhaupt Sinn? Immerhin sind wir erwachsene Menschen, die gerne als Baby leben, und andere erwachsene Menschen schlüpfen gerne in die Rolle einer Mami oder Tante, eines Papis oder Onkels, eines Babysitters und viele mehr. Welche Anforderungen haben diese Menschen, die mit uns eine besondere Vorliebe ausleben?
Während ich so auf dem Töpfchen saß und auf meine Mami wartete, ging ich in Gedanken meine bisherigen Erlebnisse durch. Dabei wurde mir schnell klar, dass ‚die Erwachsenen'

ihre eigenen Vorlieben haben und daraus eigene Vorstellungen eines Ablaufs des ‚Babylebens' entwickeln: Manche wollen mich als Jungen, manche wollen mich als Mädchen, manche wollen Kleinkindersprache, andere reines Babysprech. Kurzum: Es herrscht eine breite Vielfalt an Wünschen, die ich gerne erfülle, weil ich dann auch meine Vorliebe ausleben kann. Es macht mir nichts aus, fliederfarbene Gummihöschen, rosafarbene Schlüpfer und Kleidchen mit Rüschen zu tragen – Hauptsache, ich darf Windeln tragen und sie auch benutzen, zumindest für Pipi.

Wenn man aber schon die Rolle eines Babys einnimmt und von Windeln über Kleidung und Accessoires wie Schnuller, Fläschchen usw. bis hin zu Möbeln alles genau nachahmt, wäre es dann kein Stilbruch, kleinkindlich zu sprechen? Ich dachte angestrengt über diese Frage nach, und eigentlich bejahte ich sie – mit der Folge, dass ich zukünftig Babysprache, also unverständliche Laute brabbeln müsste. Andererseits sah ich genau darin ein Problem: Denn unverständliche Laute mögen ja stilecht sein, haben aber den Nachteil, dass sie - unverständlich sind. Mit Hilfe einer kleinkindlichen Sprache kann ich meine Wünsche klarer zum Ausdruck bringen und damit dem Menschen in der Erwachsenenrolle bedeuten, was ich in dieser oder jener Situation gerne möchte oder als nächstes bevorzugen würde. Nur wenn mich ‚der Erwachsene' versteht, kann er meine Wünsche zeitnah erfahren und dementsprechend umsetzen – vorausgesetzt natürlich, dass ihm das ebenfalls Spaß und Lust bereitet. Die Alternative zum

Abgeben von Fingerzeigen durch verbale Äußerungen wäre die Verwendung von Babylauten während des gesamten Auslebens der Vorliebe, was jedoch eine vorhergehende ausführliche Festlegung des Handlungsrahmens bedeuten würde. Nur, wenn der Erwachsene in der Erwachsenenrolle die Grenzen des für mich in der Babyrolle befindlichen Erwachsenen kennt (und natürlich ebenfalls mag), kann das Verhältnis zwischen ,Erwachsenem' und ,Baby' für beide zu einem Genuss werden.

An dieser Stelle überlegte ich, ob eine vorhergehende Absprache und die Verwendung von Babylauten während der Zeit des Auslebens nicht die stilechtere Variante wäre. Aber schon gleich drängte sich der Gedanke in den Vordergrund, was denn Babylaute seien. Dieser Frage saß ich auf meinem Töpfchen recht hilflos gegenüber, denn wirkliche Babylaute fielen mir partout nicht ein. Natürlich gab es in der Folge der oben erwähnten Serie ein paar Lautäußerungen, die ich toll fand, aber was für Laute gab es sonst noch? Konnten Comichefte weiterhelfen?

Ich dachte an die Comics, die ich gelesen hatte. Darin kamen selten Kleinkinder vor, aber im Rahmen von verschiedenen Handlungen gab es sie und dann auch entsprechende Worte ihrer Lautäußerungen. Nun sind Comics, in denen kleine Kinder den Hauptfiguren des Heftes meistens irgendwie auf die Nerven gehen, meistens im Funny- und nicht im Realstil gezeichnet, so dass mir eine Übertragung der Funny-Stil-Laute auf unser reales Ausleben nicht übertragbar erschien. Die

Alternative wäre also eine Imitation der geschriebenen Worte im Comic durch Echtlaute – aber auch dann befürchtete ich ein sehr stark eingeschränktes Vokabular, um plötzlich auftretende Wünsche oder Ideen in ein gerade praktiziertes Ausleben einfließen lassen zu können. Aber gerade diese spontanen Einfälle machen für mich einen gewissen Reiz aus, unabhängig davon, von wessen Seite sie kommen – nur kann der ‚Erwachsene' seine Vorlieben konkret äußern, denn er darf ja sprechen. Also sollten wir auch sprechen dürfen, wenn auch gemäß unserer Babyrolle mit möglichst kleinkindlicher Ausdrucksweise?

Darüber dachte ich noch nach, als Mami mich vom Töpfchen holte und wusch. Erst, als sie mich ins Bettchen legte, kam ich zu einem Entschluss: Es kann nicht schaden, in der Babyrolle kleinkindlich sprechen zu dürfen, aber man sollte sich hin und wieder auch mal auf die Babysprache beschränken, sozusagen als kleine Abwechslung – denn Abwechslung hat noch nie geschadet. Deshalb verabschiedete ich mich an diesem Abend von Mami auch mit einem „Agga babba!" statt dem üblichen „Gu Nach!".

Schwimmende Windelträger

Die Meinungen über Sport sind geteilt: Während die einen sagen, Sport sei Mord, schwören andere auf seine gesundheitsfördernde Wirkung. Nach meinen persönlichen Erfahrungen wird die ‚Mord-Theorie' überwiegend von Leuten vertreten, die sich aus Bequemlichkeit nicht zum aktiven Sporttreiben motivieren können oder schon mal eine Verletzung erlitten haben. Eines steht dabei sicher fest: Manche Sportarten bergen tatsächlich ein hohes Verletzungsrisiko.

Ob jemand Sport treibt oder nicht, bleibt letztlich jedem selber überlassen. Diese Entscheidung kann einem keiner abnehmen. Was aber, wenn man gerne Sport treiben möchte, sich aber nicht traut? Weil man zum Beispiel unter Blasenschwäche leidet? Manche Betroffenen ziehen sich zurück, verzichten auf ein Leben mit Sport und empfinden diesen Verzicht möglicherweise als Verlust an Lebensqualität. Dabei werden bei Blasenschwäche immer wieder Sportarten empfohlen, die den Beckenboden stärken oder entlasten. In diesem Zusammenhang wird unter anderem das Schwimmen genannt. Aber wer möchte sich schon in einem Schwimmbad aufhalten und ins Wasser oder sich am Beckenrand vor den Augen anderer Leute in die Hose machen? Nicht jeder hat den Mut wie ein gewisser Harald, der trotz seines Problems ein Schwimmbad in offensichtlich normaler Badekleidung aufsucht und nur unter der Straßenkleidung Windeln trägt. Sein geschildertes Erlebnis ist glimpflich ausgegangen, aber das ist meines Erachtens ein für ihn glücklicher Zufall, denn üblicherweise wird in solchen Fällen die Badeaufsicht gerufen. Mit deren Erscheinen wird es dann für den Menschen mit Blasenschwäche sehr, sehr peinlich.

Damit könnte man nun zu der Schlussfolgerung gelangen, dass Windelträger kein Schwimmbad besuchen können. Glücklicherweise ist dem nicht so, denn es gibt so genannte ‚Inkontinenz-Badehosen' und ‚Inkontinenz-Badeanzüge'. Dabei handelt es sich um Badebekleidung, die aus wasserdichten Materialien bestehen. Dichtungen an den Beinen und am Bauch sorgen zudem für einen Auslaufschutz. Das An- und Ausziehen soll wie bei ‚normaler' Badebekleidung möglich sein. Mit dem Tragen eines solchen Kleidungsstückes wären Schwimmbadbesuche oder die Teilnahme an Kursen der Wassergymnastik möglich.

Natürlich gibt es unterschiedliche Anbieter. Zudem sind auf dem Markt verschiedene Formen wie zum Beispiel Shorts, Badeslips usw. erhältlich, deren Materialien ebenfalls unterschiedlich sind. Ein Blick in das Internet liefert schnell und unverbindlich einen Überblick bezüglich der Anbieter und ihrer Produkte.

Bevor nun aber Euphorie über die neuen Möglichkeiten ausbricht, muss auf einen Wermutstropfen hingewiesen werden, und das ist der Preis: Wir sind es heutzutage gewohnt, für wenig Geld unsere Kleidung kaufen zu können. Bei der Inkontinenz-Bademode ist das jedoch nicht möglich. Die Preise der angebotenen Artikel liegen deutlich über den Preisen von

‚normaler' Badewäsche. Das ist aber auch verständlich, wenn man bedenkt, dass Inkontinenz-Bademode wahrscheinlich kein oft nachgefragter Artikel ist und daher wegen der geringen Stückzahlen im Gegensatz zu Massenartikeln hohe Herstellungskosten und damit entsprechende Preise hat. Andererseits ermöglicht einem diese Kleidung den Besuch von Schwimmbädern, was nicht nur dem Beckenboden, sondern dem ganzen Körper gut tun soll. Ob das letztlich auch auf einen selber zutrifft, muss mit einem Arzt besprochen werden (für zum Beispiel Leute mit einem Bandscheibenvorfall könnte Schwimmen nämlich kontraproduktiv sein).

Bislang nicht geklärt werden konnte von mir, ob man unter der Inkontinenz-Bademode eine Windel oder Vorlage tragen muss. Vielleicht gibt es ja Leser/innen, die solche Kleidung tragen und diese Frage beantworten können. Zudem wäre es schön, wenn jemand über seine Erfahrungen mit dieser Art von Badebekleidung berichten könnte. Ich kann mir gut vorstellen, dass diese Informationen für die Leser/innen von Magazinen zum Adult-Baby-Faible von Interessen sein werden. Und wer weiß: Vielleicht trifft man sich dann demnächst nicht nur in der Rubrik ‚Kontaktanzeigen', sondern auch ganz real im Schwimmbad!?

Ein leidiges Problem

Das Schönste an meinem Dasein als erwachsenes Baby ist das Tragen einer Windel. Natürlich mag ich es auch, wenn ich das Fläschchen gereicht bekomme oder von meiner Mami gebadet werde, aber anders als beim Windeltragen sind die dabei entstehenden Gefühle überaus lustvoll und bescheren mir erotische Freude. Beim Tragen einer Windel verhält es sich jedoch etwas anders, weil sie mir durch ihre Wärme und den Auslaufschutz ein Gefühl von Sicherheit und Geborgenheit vermittelt, dazu auch noch den Eindruck von Flexibilität, weil ich jederzeit einnässen kann und deshalb nicht wie manch anderer Zeitgenosse händeringend eine Toilette suchen oder in irgendeine Ecke machen muss. Zumindest habe ich den Vorteil der Flexibilität, bis meine Windel randvoll ist und ich sie dringend wechseln sollte – anderenfalls könnte es auch für mich unangenehm werden.

Zu meinem Dasein als erwachsenes Baby gehört natürlich nicht nur das Tragen einer Windel, sondern auch deren Benutzung. Zwar setzt mich Mami gerne auf das Töpfchen, weil sie meinen Anblick darauf so gerne mag, aber ich darf und soll auch jederzeit die Windel befüllen. Mami bevorzugt das Einnässen, und nicht selten lässt sie mich noch eine Zeitlang mit der nassen Windel am Körper spielen, damit ich das Gefühl der schweren Windel zwischen meinen Beinen ausgiebig genießen kann. Weniger gern hat sie es dagegen, wenn ich ein großes Geschäft hinein mache, aber natürlich gehört auch das immer wieder zu unserem Spiel dazu. Wahrscheinlich wäre es für sie nicht ganz so schlimm, wenn das Säubern meines Popos in ihren Augen nicht so lange dauern würde – über den Geruch und das Gefühl des Ekels, über das manche Mamis klagen, beschwert sie sich dagegen überraschenderweise selten. Aber der Zeitaufwand für das Säubern ist ihr in letzter Zeit immer lästiger geworden, weil sie mich immer sehr, sehr gründlich zu reinigen pflegt. Nun aber ist es ihr zu viel geworden und so hat sie mir schlicht und ergreifend verboten, die Windel mit meinem hinteren Loch zu befüllen. Sie verlangt, dass ich im Falle eines Darmdrückens Laut gebe, damit sie mich auf eine richtige Toilette setzen kann. Natürlich habe ich sogleich gegen dieses Verbot verstoßen, aber nach meiner Säuberung hat Mami zu ihrer Haarbürste gegriffen und mir damit tüchtig den Po verhauen, um mich nachhaltig an ihr Verbot zu erinnern. Die Haue war während des Kassierens nicht fein, aber im Nachhinein dann doch wieder reizvoll, weil sie neue, andere Gefühle in mir ausgelöst hat, die letztlich in Lust umgeschlagen sind. Also verstoße ich hin und wieder gegen ihre Anweisung und freue mich dann auf meine Bestrafung. Allerdings fürchte ich, dass ich sie damit dauerhaft verstimmen könnte, weshalb ich immer seltener gegen ihr Verbot verstoße und wie von ihr angeordnet fast immer ganz artig Laut gebe.

Aber auch wenn ich nur zu gerne alle Facetten des Daseins als erwachsenes Baby auskoste und auch gerne mal gegen ein Verbot verstoße oder Grenzen austeste, bin ich für Mamis

Verbot der Verrichtung des großen Geschäfts in die Windel nicht wirklich böse. Von Beginn meines Babydaseins an habe ich nämlich meine liebe Müh und Not mit dem Befüllen der Windel mit A-A gehabt: Das fing damit an, dass ich zu Beginn meines neuen Daseins das große Geschäft nicht im Stehen in die Windel machen konnte, sondern mich dafür zunächst hinhocken musste. Das fand ich immer irgendwie blöd, denn dadurch wurde für Mami der Überraschungseffekt verdorben und mir erschien das nicht authentisch genug. Irgendwann habe ich die Technik jedoch soweit hinbekommen, dass es auch im Stehen geht. Geblieben ist aber ein sehr leidiges Problem, denn egal ob im Stehen oder beim Hocken bleibt immer das Gefühl zurück, dass nicht alles aus mir herausgekommen und nun in der Windel sei. Dieses zurückbleibende Gefühl empfinde ich als nicht besonders wohltuend, manchmal ist es sogar richtig unangenehm. Muss ich die volle Windel dann gar noch einige Zeit nach der Verrichtung als erzieherische Maßnahme tragen, vergeht das fiese Gefühl nicht etwa nach einiger Zeit, sondern bleibt unnachgiebig bestehen. Wird schließlich die Windel entfernt, wird es aber auch nicht besser, vielmehr habe ich dann das Gefühl, einen Rest des großen Geschäfts auf den Wickeltisch machen oder damit sogleich die frische Windel befüllen zu müssen. Weder das eine noch das andere könnte ich jedoch umsetzen, ohne meine Mami ernsthaft zu verärgern, und mit einer verärgerten Mami ist nicht gut Kirschen essen! Also reiße ich mich zusammen und hoffe, dass das unangenehme Gefühl irgendwann vergehen wird. Nach dem Windelwechsel dauert das dann zwar noch einige Zeit, aber irgendwann ist es zum Glück vorüber und ich habe alles überstanden – bis zum nächsten Darmdrücken.

Natürlich habe ich versucht, das Problem zu lösen. Anfangs dachte ich, dass es mit der Länge meiner großen Notdurft zusammenhängen würde und habe mich bemüht, kleinere Portionen abzulassen. Leider ist das unangenehme Gefühl auch bei recht kleinen Einheiten geblieben, so dass meine entsprechenden Experimente gescheitert sind. Lediglich Durchfall würde meine Schwierigkeiten beseitigen, wie ich durch Zufall erleben durfte, allerdings halte ich das künstliche Herbeiführen dieser Form der Darmentleerung für bedenklich und verzichte darauf. Dies umso mehr, als Durchfall im Leben die Ausnahme und nicht die Regel der hinteren Entleerung darstellt, aber genau diesen Regelfall will ich ja als Windelträger erleben. In Ermangelung einer Lösung meines Problems akzeptiere ich widerwillig das dadurch ausgelöste unangenehme Gefühl, das mir einredet, meinen Darm nicht vollständig entleert zu haben.

Auch das Tragen einer Windel, die ein beziehungsweise zwei Nummern zu groß ist, hat bei mir keine Abhilfe geschaffen. Hintergrund war meine Überlegung, dass vielleicht deshalb nicht alles aus mir herausrutsche, weil meine übliche Windel nicht genügend Aufnahmekapazität habe. Leider hat sich diese Annahme als falsch herausgestellt, aber dafür habe ich mit ständig rutschenden Windeln zu kämpfen gehabt, die selbst von den Gummihöschen nicht gebändigt werden konnten. Dies schon gar nicht, wenn die Höschen der größeren Windelgröße angepasst waren. Rutschende Windeln, vor allem nach dem Einnässen, sind mir ein noch größeres Gräuel als das unangenehme Gefühl bei der Darmentleerung, weshalb ich trotz des Wissens um das unangenehme Gefühl zu meiner üblichen Windelgröße und den dazu passenden Gummihöschen zurückgekehrt bin.

Nach Jahren des Lebens mit meinem leidigen Problem bin ich seiner Lösung noch nicht näher gekommen. Das Wissen um das unangenehme Gefühl als Folge der Verrichtung des großen Geschäfts in meine Windel hat mich zuletzt dazu bewogen, fast nur noch Pipi in die Windel zu lassen. Insoweit kommt mir Mamis Verbot von A-A in die Windel ganz gelegen, aber natürlich ist das für ein erwachsenes Baby nicht authentisch. Zudem lockt ein solches Verbot natürlich auch, dagegen zu verstoßen, zumal ich die von ihr durchaus ernsthaft vorgenommene Bestrafung in Form von echten Schlägen mit der Haarbürste auf meinen Popo als überaus prickelnd und trotz der Schmerzen als erotisierend empfinde. Andererseits mag Mami mein zeitaufwändiges Säubern nach der Verrichtung des großen Geschäfts in die Windel nicht, und da ich zudem das unangenehme Gefühl nach der Verrichtung nicht mag, spricht also einiges gegen die Beibehaltung dieser Komponente in unserem Spiel, und sei es auch nur als Ausnahme. Es sei denn, dass ein anderes erwachsene Baby das Problem kennt und eine Lösung weiß – oder sollte nur ich dieses leidige Problem haben?

Dürfen erwachsene Babys einen Bart haben?

Als ich neulich auf meinem Töpfchen saß und es etwas länger dauerte, wurde mir irgendwann langweilig. Also begannen meine Gedanken um verschiedene Themen zu kreisen. Schließlich konzentrierte ich mich auf ein Thema. Ich erinnerte mich nämlich daran, auf einer Fetischseite die Kontaktanzeige eines bärtigen Mannes gesehen zu haben, der als erwachsenes Baby eine Partnerin gesucht hatte. Der Anzeigentext klang sehr schön, aber irgendetwas hatte mich dann doch gestört. Bei näherem Nachdenken kam ich drauf: Es war der Bart! Der Mann wollte in seiner Beziehung wie ein Adult Baby leben und behandelt werden, trug aber einen beachtlichen Bart. Da ich auf dem Töpfchen saß und Zeit hatte, fragte ich mich, ob das kein Stilbruch sei.

Wie jedem bekannt ist, stellt sich bei jungen Männern irgendwann der Bartwuchs ein, während Frauen von der Gesichtsbehaarung verschont bleiben. Manche Männer rasieren grundsätzlich alles ab, andere lassen sich im Laufe ihres Lebens einen Vollbart stehen. Dazwischen gibt es eine Vielzahl von Zwischenstufen, die von dem jeweiligen Träger gepflegt werden. Manche zelebrieren sogar kleine Kunstwerke aus ihrer Gesichtsbehaarung und verwenden viel Zeit und viel Mühe auf dessen Pflege.

Im gewöhnlichen Alltag ist das Tragen eines Bartes unproblematisch, sofern ein Träger damit keine radikale Ansicht zur Schau stellen will. Leider ist letzteres in der heutigen Zeit des

Öfteren anzutreffen. Grundsätzlich hat ein Bart aber keinen Einfluss auf die sexuelle Präferenz seines Trägers, denn egal ob beispielsweise beim Vanilla-Sex, BDSM, Spanking oder eine andere Form des favorisierten Geschlechtsverkehrs würde ein Bart in der jeweiligen Rolle anachronistisch wirken. Wie aber sieht es bei Männern aus, die ein Dasein als erwachsenes Baby favorisieren? Kleinkinder haben ja keinen Bartwuchs, weil ihr Körper darauf noch lange nicht ausgerichtet ist. Im Gegensatz dazu können erwachsene Babys sehr wohl über einen Bart verfügen, sofern sie sich nämlich nicht täglich rasieren. Ich fragte mich daher, ob beim Faible ‚Erwachsenes (Adult) Baby' Platz für einen Bart ist oder ob ein solcher fehl am Platze wäre, da er einen Bruch mit der Authentizität darstellen könnte. Also ging ich in mich und dachte angestrengt nach.

Grundsätzlich gilt natürlich, dass all das erlaubt ist, was nicht verboten ist. Da jeder Erwachsene sein persönliches Babydasein so gestalten kann, wie er es für richtig hält, kann er auch einen Bart bejahen. Damit widerspricht eine Barttracht nicht grundsätzlich dem Faible des männlichen, erwachsenen Babys. Entscheidend dürfte sein, dass sich sowohl der Bartträger als auch seine Mitspielerin mit diesem oder trotz dieses Details in ihrer jeweiligen Rolle wohl fühlen. Würde der Bart beispielsweise die Partnerin stören, müsste sie das mit ihrem Freund oder Ehemann verhandeln und die beiden müssten eine Lösung oder einen Kompromiss finden, mit dem beide gut leben können.

54

Erlaubt ist also, was gefällt oder nicht als störend empfunden wird. Allerdings sind erwachsene Babys ja bestrebt, möglichst authentisch in die Rolle des Kleinkindes einzutauchen und deren Verhalten nachzustellen sowie die Lebensumstände nachzuempfinden. Für die Realisierung dieses Zieles gibt es daher alles, was man sich vorstellen kann: Von Windeln, Lätzchen über Schnuller und Gummihosen bis hin zu Laufställen, Wickelkommoden und Kindergitterbetten in Erwachsenengröße kann man alles käuflich erwerben, um nur ein paar Beispiele zu nennen. Wenn aber die gesamte Grundausstattung (Windeln, Gummihosen, Schnuller usw.) und nicht selten auch die Zimmereinrichtung eine auf die Größe von Erwachsenen abgestimmte realitätsnahe Ausstaffierung des Liebhabers von Windelspielen und seiner näheren Umgebung bedeutet, scheint die authentische Atmosphäre eine große Bedeutung zu haben. Wie passt bei der ganzen Detailfreude dann ein Bart in das Spiel? Eigentlich müsste er doch unpassend wirken, oder?

Da der Bartwuchs beim männlichen Geschlecht erst in der Pubertät einsetzt, sind richtige Babys somit bartlos. Bis zum Sprießen des ersten Flaums vergehen etliche Jahre, so dass der Zeitraum, in den sich ein erwachsenes Baby zurückversetzen möchte, bei echten Babys lange vor dem Bartwuchs liegt. Angesichts der Detailfreude bei der Ausstattung mit Babyutensilien im Erwachsenenformat erscheint ein Bart damit als zeitwidrig, wenn sich sein Träger in die Rolle eines erwachsenen Babys hineinversetzt. Bedenkt man, mit wie viel

Liebe und nicht selten auch mit welchen Geldsummen die Ausstattung beschafft wird, überrascht das Hinwegsehen über dieses Detail. Schließlich sollte man annehmen, dass je mehr Wert ein Adult Baby auf Authentizität bei der Realisierung seines Faibles legt, desto höher müsste doch eigentlich seine Bereitschaft auf Bartlosigkeit sein. Da richtige Babys keine Gesichtsbehaarung haben, wäre eine solche also auch bei einem Adult Baby nicht angebracht. Zudem könnte jeder dieses Detail ohne Kostenaufwand umsetzen, lediglich das tägliche Rasieren würde etwas Zeit beanspruchen. Was also hält Menschen, die ein erwachsenes Baby sein wollen, vom Rasieren ihres Gesichts ab?

Zur Beantwortung dieser Frage ging ich in Gedanken all die Kontaktanzeigen und Forenbeiträge durch, die ich im Laufe der Jahre gelesen hatte. Dabei bemerkte ich Unterschiede: Während manche in ihrer gesamten Freizeit dem Babydasein anhingen, taten andere dies nur zeitlich begrenzt. Auch die Ausstattung variierte von Mensch zu Mensch. Ich kam zu dem Schluss, dass es bei den erwachsenen Babys wie auch bei allen anderen Fetischfaibles eine Vielzahl von Abstufungen gibt. Das klang logisch, denn nicht jeder kann sich eine komplette Ausstattung inklusive der dazugehörigen Möbelstücke anschaffen. Die Bereitschaft dazu dürfte neben der Frage nach dem Grad der Ausprägung des Faibles sicher auch vom verfügbaren Platz in der Wohnung, den finanziellen Möglichkeiten (gerade die Möbel wie beispielsweise eine Wickelkommoden in Erwachsenengröße verschlingt eine Unsumme), dem Grad der Akzeptanz bei der Partnerin sowie anderen Faktoren wie beispielsweise dem Grad der Akzeptanz im Verwandten- und Freundeskreis abhängig sein. Vielleicht könnte man ja einen Bart bei einem Menschen akzeptieren, dessen Wunsch nach einem Leben als erwachsenes Baby keine hohe Authentizität und damit auch keinen hohen Ausstattungsgrad anstrebt oder dem die privaten Umstände so etwas verwehren. Sollte sich beispielsweise jemand mit dem Tragen von Windeln und Gummihosen sowie der Windelbenutzung zufrieden geben, wäre der Grad der Authentizität wegen des fehlenden Fütterns, der fehlenden Ausstattung mit Möbeln usw. nicht sehr hoch. In solchen Fällen, in denen ohnehin Abstriche an die reale Nachahmung gemacht werden, dürfte ein Bart nicht besonders schwer ins Gewicht fallen. Entscheidend wäre dann, dass der Träger und seine Partnerin damit zufrieden sind, denn grundsätzlich gilt schließlich noch immer, dass alles erlaubt ist, was gefällt, also auch das Tragen eines Bartes durch ein erwachsenes Windelbaby.

Allerdings darf nicht übersehen werden, dass das eigentliche Ziel bei diesem Fetisch die weitestgehende Annäherung an die Lebensumstände eines echten Babys ist. Wegen deren Bartlosigkeit würde eine Gesichtsbehaarung bei einem Adult Baby also allemal einen Stilbruch darstellen. Natürlich könnte man darüber sehr leicht hinwegsehen, wenn die betreffende Person ihr Faible auf den rein privaten Bereich beschränken und keine Öffentlichkeit herstellen würde. Sobald sie aber den privaten Raum verlässt und öffentlich über ihr Faible spricht, sollte sie so authentisch wie möglich sein – und das würde letztlich Bartlosigkeit bedeuten. Zur Öffentlichkeit zählt dabei aus meiner Sicht nicht nur die Teilnahme an Stammtischen und regionalen Präsenzgruppen, sondern auch die Mitwirkung in entsprechenden Internetforen zu diesem Faible. Mit der persönlichen Präsenz oder der Darstellung in einem Medium wie beispielsweise dem Internet wird das Bekenntnis zum eigenen Fetisch offensiv zur Schau gestellt, so dass man dann auch eine entsprechende Authentizität erwarten kann. Dies umso mehr, als erwachsene Babys ohnehin Probleme haben, eine Partnerin zu finden, die ihr Faible toleriert oder sogar aktiv unterstützt. Ist ein erwachsenes Baby dann auch noch Bartträger, dürfte sich der optische Eindruck der Partnerin vom Freund als Baby hin zum Freund als pflegebedürftiger Senior wandeln. Diesen Wandel in der Wahrnehmung müsste die potentielle Partnerin mental verkraften und überwinden, um sich auf das eigentliche Spiel einlassen zu können. Das dürfte nicht wenigen schwer fallen, so dass ein Rückzug von der Partnerschaft sehr wahrscheinlich sein dürfte, da der unter Umständen veränderte Blickwinkel bei ihr stark Lust senkend wirken könnte. Mit der Bartlosigkeit würde das erwachsene Baby also neben einer Steigerung seiner eigenen Authentizität zudem seiner potentiellen Partnerin etwas entgegenkommen und ihr den Einstieg in das Spiel erleichtern. Das gilt auch, wenn das Faible in Bezug auf die Öffentlichkeit passiv ausge-lebt wird, also keine Außenkontakte zu Gleichgesinnten gesucht werden und das Treffen einer Partnerin eher dem Zufall überlassen bleibt.

Nach all diesen Gedanken kam ich zu dem Schluss, dass ein erwachsenes Baby natürlich einen Bart tragen könnte, es aber mit Blick auf seine Authentizität gegenüber der eingenommenen Rolle sowie wegen der etwaigen Wirkung auf seine Partnerin nicht tun sollte. Damit wollte ich mich schon zufrieden geben, als mir plötzlich ein neuer Gedanke durch den Kopf schoss: Könnte es möglicherweise Umstände geben, die einem Freund des Daseins als erwachsenes Baby das Tragen eines Bartes gebieten? Denkbar wären in diesem Zusammenhang gesellschaftliche oder soziale Zwänge, die ein erwachsenes Baby veranlassen könnten, sich einen Bart stehen zu lassen, also seine Authentizität zugunsten eines übergeordneten Erfordernisses einzuschränken.

Ich kam zu dem Ergebnis, dass als gesellschaftlicher Zwang beispielsweise ein entsprechender Modetrend zu sehen sein könnte. Wenn plötzlich das Tragen eines Bartes als ‚modern' und ‚chic' angesehen werden würde, könnte sich nicht jeder von diesem Zwang freimachen. Insbesondere dann nicht, wenn in seinem sozialen Umfeld wie zum Beispiel dem Arbeitsplatz alle anderen Männer zum Bartträger werden würden. In einem solchen Milieu würde ein bartloser Mann sicher schnell zum Außenseiter werden, was unter Umständen negative Folgen für die Zahl seiner sozialen Kontakte bis hin zu Karrierechancen im Betrieb haben könnte. Natürlich könnte der Betroffene seine Bartlosigkeit mit seinem Faible zum Leben als erwachsenes Baby begründen, aber angesichts der gesellschaftlich geringen Akzeptanz für diese Lebensweise könnten die dadurch entstehenden negativen Folgen noch härter als eine unbegründete Bartlosigkeit ausfallen. Zum Schutz der mentalen Gesundheit und zur Wahrung der gesellschaftlichen Integration wäre es für ein Adult Baby daher sicher angebracht, den Verzicht auf die Bartlosigkeit zu opfern. Diesem Stilbruch gegenüber dem Faible würden dann ja schließlich andere, schwerwiegendere Gründe gegenüberstehen, so dass bei einer Abwägung der etwaigen Nachteile der Stilbruch durchaus als das kleinere Übel angesehen werden könnte. In einer solchen Konstellation wäre ein Bart also akzeptabel. Allerdings muss man konstatieren, dass ein solcher gesellschaftlicher Druck zum Tragen eines Bartes seit einigen Jahrzehnten nur in ganz bestimmten Kreisen besteht, die damit eine religiöse und/oder politische Haltung zum Ausdruck bringen wollen. Der überwiegende Teil der hiesigen Gesellschaft erlegt einem Mann dagegen keinen Zwang zum Barttragen auf, so dass sich ein erwachsenes Baby gefahrlos gegen eine Gesichtsbehaarung entscheiden kann, ohne gesellschaftliche, soziale und/oder berufliche Probleme oder gar Ressentiments fürchten zu müssen.

Das lässt eigentlich nur einen Schluss zu: Ein erwachsenes Baby sollte im Rahmen seiner Möglichkeiten nach der größtmöglichen Authentizität streben. Damit würde das Aufgehen in der selbst gewählten Rolle intensiver erlebbar. Würde man dagegen entsprechende Abstriche machen, könnte das auf ein nur bedingtes Wollen zum Leben als erwachsenes Baby hindeuten. Die wirklichen Freunde dieses erotischen Rollenspiels wollen jedoch so realitätsnah wie möglich in ihrer Rolle aufgehen. Da seit vielen Jahren kein Zwang zum Barttragen besteht, sollten die erwachsenen Babymänner also bartlos sein. Je stilechter der Rahmen, desto leichter dürfte auch einer Partnerin das Einlassen auf die Rolle der ‚Mami' fallen.

Damit war ich am Ende meiner Betrachtung angekommen und konnte meine Sitzung beenden. Sie hatte länger gedauert als vermutet.

Würde ich Fotos von mir als Adult Baby zulassen?

Für den Bereich der Adult Babys gibt es neben mehreren Internetseiten auch einige wenige Zeitschriften. In einem solchen Exemplar habe ich neulich geblättert, als ich auf dem Töpfchen saß. Neben Leserbriefen und Geschichten beinhaltete das Heft zahlreiche Fotos von Erwachsenen in ihrer Rolle als Adult Baby inklusive der entsprechenden Ausstattung. Manche Fotos waren sehr schön gestaltet, andere etwas schlicht. Die meisten Fotos hatten gemeinsam, dass die abgebildeten Personen gut erkennbar waren, das heißt auch ihre Gesichter waren sichtbar. Gut, manche waren durch einen Schnuller etwas verdeckt und dadurch vielleicht auch ein wenig verfremdet, aber es war genug von den Gesichtszügen zu sehen, um die abgebildete Person gegebenenfalls wieder erkennen zu können. Mir ging daher die Frage durch den Kopf, ob es sich bei den abgebildeten Personen um professionelle Fotomodels handelte, die das Posieren mit Windel, Gummihose und anderen Dingen gegen Honorar machten, oder ob es sich um wirkliche und damit authentische Adult Babys handelte. Falls es letztere wären, interessierte mich plötzlich, warum jemand ein solches Foto von sich veröffentlicht sehen will, denn auch wenn weder Name noch Wohnort angegeben sind, könnte man ja doch durch einen Zufall erkannt werden. Würde ich riskieren wollen, dass jemand etwas so Delikates wie mein sexuelles Faible kennt, während ich nicht weiß, wer alles darüber informiert ist? Würde ich vielleicht sogar selber in komplettem Adult-Baby-Outfit vor einem Fotoapparat posieren? Die Bilder vielleicht hinterher an ein Magazin senden, um den anderen erwachsenen Babys zu zeigen, wer ich bin? Fragen über Fragen, die mich zum Sinnieren brachten.

Zunächst einmal widmete ich mich der Frage, ob wirklich alle Fotos von authentischen Adult Babys stammen könnten. Ich schaute mir die Bilder im Magazin erneut an. Sie wirkten nicht nur hinsichtlich der Schärfe, des Aufbaus des Motivs und der Helligkeit äußerst gelungen, sondern auch hinsichtlich der Bekleidung und den Posen waren sie einfach perfekt. Ich kam zu dem Schluss, dass diese Bilder von einer zweiten Person aufgenommen worden sein mussten, denn alleine oder auch mit einem Selbstauslöser würde man solche perfekten Posen bestenfalls nach vielen Stunden des ständigen Ausprobierens und dann auch nur mit ganz viel Glück auf ein Bild bannen können. Es dürfte daher auf der Hand liegen, dass diese Bilder von einem Profi aufgenommen wurden und die posierenden Personen ebenfalls professionelle Models waren. Für ein entsprechendes Honorar dürfte es immer Menschen geben, die vor einer Kamera in für die Mehrheit der Gesellschaft ungewöhnlichen Outfits modeln. Für das Model selber dürfte das neben einem höheren als dem üblichen Honorar auch als ein Beleg für die Wandlungsfähigkeit interessant sein. Mit einem solchen Nachweis ließe sich bestimmt gut für sich werben, was weitere lukrative Aufträge bedeuten könnte. Insbesondere aus den diversen Fetischszenen, aber möglicherweise auch aus anderen Bereichen, weil manche Fotografen ja gerne Aufnahmen zu bestimmten Themen machen oder Firmen zu diversen Themenbereichen Fotoaufnahmen für eine Produktvermarktung wünschen. Vieles deutete also darauf hin, dass professionelle Fotografen und Models tätig geworden waren.

Natürlich konnte ich nicht ausschließen, dass auch Privatleute über eine entsprechend gute Fotoausrüstung, entsprechend geeignete Räumlichkeiten und die erforderlichen Erfahrungen verfügen, um einen Menschen entsprechend abzulichten. Allerdings müssten die entsprechenden Rahmenbedingungen dann schon sehr professionell sein. Würden solche Fotos aber in einem privaten Rahmen aufgenommen werden, sollte man annehmen, dass zwischen Fotograf und posierendem Model eine gewisse Nähe oder zumindest ein besonderes Vertrauensverhältnis bestehen würde. Damit war ich bei der Wahrscheinlichkeitsrechnung angekommen: Angesichts der im Vergleich zu anderen Fetischen wie BDSM, Spanking usw. doch eher kleinen Szene der erwachsenen Babys gestaltet sich nicht nur die Partnersuche als überaus schwierig, sondern auch die Suche nach guten Freunden. Nun hat jeder in den Internetforen viele ‚Freunde', aber sind das wirklich ‚Freunde' oder nicht eher ‚Bekannte'? Heutzutage geht man ja sehr verschwenderisch mit dem Begriff ‚Freund' um, während ich noch der alten Faustregel anhänge: Ein Bekannter ist jeder, mit dem ich über alles Mögliche reden kann und mit dem ich mich gut verstehe. Ein Freund ist dagegen mehr, denn er steht mir auch in Notlagen hilfreich zur Seite, auch wenn sich alle anderen von mir abwenden. Im Falle von Fotoaufnahmen im Adult-Baby-Outfit würde ich lieber einen Freund als einen Bekannten hinter der Kamera stehen haben, denn ein richtiger Freund würde mein Geheimnis niemals verraten – bei einem Bekannten wäre das wegen der geringeren Bindung zwischen uns dagegen nicht so gewiss. Es wäre also angesichts der reinen Zahlen ein großer Glücksfall, einen solchen Freund zu finden, der zudem die erforderliche Erfahrung, Ausrüstung und eventuell auch räumliche Gelegenheit mitbringen würde. Die Wahrscheinlichkeit für einen solchen Glückstreffer stufte ich als gering ein. Allerdings galt das zunächst für das direkte Umfeld. Es war aber nicht auszuschließen, dass sich über das Internet eine echte Freundschaft, eventuell auch mit persönlichen Kontakten, finden ließe. Vielleicht wäre das ja die Lösung?

Sofort tauchte vor meinem geistigen Auge ein Hindernis auf: Die über das Internet bestehenden Kontakte sind über das ganze Land und teilweise darüber hinaus verteilt. Für ein Fotoshooting wäre jedoch die zeitgleiche persönliche Präsenz von Fotograf und Model am gleichen Ort erforderlich. Wenn man die Rahmenbedingungen also nicht selber zur Verfügung stellen kann, müsste man daher einen Freund finden, der über eine entsprechende Räumlichkeit und über das erforderliche Equipment verfügt und mit diesem einen Termin ausmachen. Wie groß ist also die Wahrscheinlichkeit, dass man im Internet einen Freund findet, dem man die Durchführung der Aufnahmen anvertrauen und der das Fotoshooting professionell durchführen könnte? Ich sinnierte lange darüber nach. Dabei fielen mir die Fotos ein, die manchmal in einschlägigen Kontaktanzeigen zu sehen sind. Bei einem Vergleich mit den Fotos im redaktionellen Teil hatte ich den Eindruck von Qualitätsunterschieden. Das lag je nach Bild an der Gestaltung des Hintergrundes, des Motivs, der Ausstattung oder der Belichtung. Allerdings schienen auch im Anzeigenbereich manche Fotos von einer zweiten Person gemacht worden zu sein. Vor diesem Hintergrund kam ich zu dem Schluss, dass die Wahrscheinlichkeit gegeben sein könnte, einen Fotografen eben doch im privaten Umfeld oder im Internet treffen zu können. Ob es sich dabei dann um einen Freund oder um einen Bekannten handeln würde, müsste jeder Ablichtungswillige für sich entscheiden. Grundsätzlich könnte man aber solche Fotos privat und von einem Profi anfertigen lassen.

Würde ich mich selber von einem Freund ablichten lassen oder ihn fotografieren? Wieder dachte ich längere Zeit nach. Einen anderen Menschen in Adult-Baby-Outfit zu fotografieren, wäre für mich keine große Überwindung. Auf dem fertigen Foto wäre ja dann er selber abgebildet, und wenn man sein Gesicht erkennen könnte, wäre der weitere Umgang und die Frage der Verbreitung seine ureigenste Entscheidung. Scheitern würde das Ganze wahrscheinlich an meinen fehlenden Kenntnissen und Erfahrungen mit dem Fotografieren. Da müsste dann der Abzulichtende im Vorfeld oder nach ein paar Testaufnahmen entscheiden, ob ihm meine Ergebnisse reichen würden oder nicht. Etwas anderes wäre es, selber vor der Kamera zu stehen. Würde ich vor dem Fotoapparat eines Freundes im Adult-Baby-Outfit posieren?

Wir Menschen neigen dazu, Erinnerungsstücke aufzubewahren. Natürlich wäre es daher schön, ein paar einschlägige Fotos von mir zu besitzen. Leider kenne ich niemanden, dem ich ein solches Anliegen vortragen könnte ohne Gefahr zu laufen, verlacht und geoutet zu werden. Meine Kontakte in die ‚AB-Szene' reichen nicht so tief, um ein entsprechendes Vertrauensverhältnis zu haben. Zudem fehlt es mir an der entsprechenden Fotoausrüstung. Damit wäre der private Bereich aber eigentlich schon weggefallen.

Wenn es aber Fotografen gibt, die solche Fotos professionell machen, könnte ich ja von einem von ihnen entsprechende Aufnahmen mit mir als Motiv anfertigen lassen. Allerdings würde es sich dabei um keinen Freund, nicht mal um einen Bekannten handeln. Es wäre ein vollkommen Fremder, der für Geld Fetischfotos aufnehmen und dabei sicher auch diskret sein würde. Allerdings bekommt man bei professionellen Fotografen nur Abzüge oder digitale Datenträger, aber nie die analogen Negative oder digitalen Originale. Zudem hätte der Fotograf immer das Urheberrecht an den Bildern, was eine Klärung hinsichtlich der Verwendungsmöglichkeiten erforderlich machen würde. Doch das ließe sich ja alles klären. Danach würde das eigentliche Ereignis, nämlich das Fotoshooting beginnen. Hierzu müsste ich dann entsprechend gekleidet posieren - würde ich das in meiner kompletten Adult-Baby-Tracht unbefangen können?

Bei normalen Fotos, wie sie beispielsweise bei Familienfeiern oder im Urlaub aufgenommen werden, fühle ich mich vor der Linse selten wohl. Vielleicht ist das auch der Grund, weshalb ich bei den fertigen Bildern sehr selbstkritisch bin und mich fast nie gut abgebildet finde, während alle anderen hervorragend getroffen sind. Vor den Augen eines anderen, zudem noch fremden Menschen wäre es angesichts meiner dann zu tragenden Windel, Gummihose und all den anderen Dingen sicher ein noch viel komischeres Gefühl. Es wäre zu befürchten, dass ich vor lauter Aufregung und Anspannung verkrampfen würde, was die Aufnahmen verhunzen dürfte. Ich glaube daher nicht, dass ich Fotos in meinem Lieblingsoutfit von einem fremden Menschen anfertigen lassen könnte. Vielleicht würde es mir leichter fallen, wenn hinter der Kamera ein guter und damit zuverlässiger Freund stehen würde, der ohnehin von meinem Faible weiß. Andererseits kenne ich ja die Fotografen bei Familienfeiern und im Urlaub auch und fühle mich dennoch verkrampft. Bei Fetischaufnahmen durch einen Freund befürchte ich daher die gleiche Erfahrung wie bei einem Profi. Vielleicht würde ich vor einem Freund wegen meiner sicher gewaltigen Aufregung etwas ungenierter als in einem professionellen Fotostudio in die Windel machen, aber das eigentlich hier wie dort zu erwarten. Hinzu kommt meine Angst vor einem unfreiwilligen und breit gestreutem Outing. Diese Furcht dürfte mein Verkrampfen vor einer Kamera deutlich verstärken und damit die Qualität der Fotos beeinträchtigen. Ich kam zu dem Ergebnis, dass fehlende Rahmenbedingungen schon in einer frühen Planungsphase ein Fotoshooting mit mir verhindern würden. Sollte dennoch eine Fotosession zustande kommen, dürften diverse Ängste die Qualität des Ergebnisses spürbar senken. Umso bewundernswerter sind daher für mich die Personen, die anscheinend locker und unverkrampft in Adult-Baby-Kleidung posieren und kein Problem mit der Veröffentlichung der Bilder haben.

Wenn ich aber mal alle Hemmnisse ignorieren und ein gelungenes Ergebnis annehmen würde, wäre noch die Frage offen, ob ich mein Gesicht zeigen würde. Das Haupthindernis wäre dabei ja meine Angst vor einem unfreiwilligen Outing, die durch ein mögliches Erkennen durch Arbeitskollegen oder Nachbarn weiter genährt werden würde. Das ließe sich nur vermeiden, wenn ich die Fotos ausschließlich für mich behalten würde und zudem alle analogen Negative und digitalen Originale hätte – oder deren Vernichtung lückenlos überwachen könnte. Dann hätte ich ein paar schöne Erinnerungsstücke an das Leben mit meinem Faible – ein verführerischer Gedanke! Leider mangelt es aber bereits an den unverzichtbaren Grundlagen wie beispielsweise dem Namen eines vertrauenswürdigen Fotografen, um solche Bilder zu bekommen. Grundsätzlich würde ich einer Fotosession wohl ablehnend gegenüberstehen, weil ich zu viele Risiken befürchten würde. Ganz tief in meinem Inneren würde es mich andererseits aber auch enorm reizen, vor einer Kameralinse zu posieren. Zumindest, um das Ergebnis alleine im stillen Kämmerlein betrachten zu können. Obwohl – ein Foto von mir in ,vollem Ornat' in einem Magazin wäre auch sehr reizvoll... Sollte da etwa die Gesamtheit aller Ängste mit dem Wunsch nach etwas Verrücktem ringen? Ein interessanter Gedanke, denn mit einem solchen Aspekt würden sich vielleicht die bislang von mir angeführten Ablehnungsgründe für meine Person aushebeln lassen. Vielleicht ist es ganz gut, dass ich keinen Freund habe, den ich um eine Fotosession bitten könnte. Oder?

Könnte ich einem Erwachsenen die Windel wechseln?

Neulich war meine Windel trocken und sauber, aber Mami war der Meinung, dass ich ‚mal müsse'. Also setzte sie mich auf das Töpfchen, wo ich so lange sitzen sollte, bis ich mich erleichtert hatte. Also saß ich da nun so rum und dachte an alles Mögliche. Dabei ging mir gedanklich schließlich meine Windel durch den Kopf. Diese war für diesmal zwar getragen, aber ansonsten unbenutzt. Das war aber nicht der Regelfall, denn normalerweise verrichtet ich mein ‚Kleines Geschäft' dort hinein, manchmal auch das ‚Große'. Meine Mami, also eigentlich meine Freundin in der Rolle der ‚Mami', pflegte mir gewöhnlich die benutzte Windel relativ zeitnah zu wechseln. Das war für sie nicht immer sehr angenehm, wobei die benutzte Windel sicher das kleinere Übel war. Viel schlimmer musste das Säubern meines Unterleibs sein, vor allem nach dem ‚Großen Geschäft'. Wie konnte man so etwas nur aushalten? Immerhin war ich ja ein erwachsener Mensch, der lediglich in die Rolle eines erwachsenen Babys geschlüpft war und der durchaus eine normale Toilette hätte benutzen können. Nun hatte ich ja vorhin schon darüber sinniert, warum ich Windeln mag, so dass mich diese Frage nun nicht mehr beschäftigte. Auch darüber, ob ich die Windeln oder das Töpfchen bevorzugte, hatte ich schon nachgedacht. Dafür beschäftigte mich jetzt die Fragestellung, warum ein Mensch bei einem anderen eine nasse oder volle, manchmal auch beides, Windel wechseln und den Verursacher auch säubern will. Worin besteht der erotisch-sexuelle Reiz für die Übernahme der Rolle des Erwachsenen in einem Adult-Baby-Rollenspiel? Würde ich selber es fertig bringen, einem anderen Erwachsenen die volle Windel abzunehmen, ihn sauberzumachen und neu zu wickeln? Sollte man von vornherein gegenüber etwaigen Gerüchen unempfindlich sein oder kann man sich so etwas antrainieren? Ich fing an zu grübeln.

Es ist ja bekannt, dass die Fantasie der Menschen geradezu grenzenlos ist. Ebenfalls weiß man, dass es eine Vielzahl von Neigungen und Vorlieben gibt, die man heutzutage kurzerhand ‚Faibles' nennt. Gerade im sinnlich-erotisch-sexuellen Kontext sind Menschen seit jeher sehr erfinderisch. In Bezug auf das Adult-Baby-Faible könnte die Fantasie, wie ein Baby gekleidet zu sein und behandelt zu werden, eine Mischung aus Beobachtung der Behandlung von Babys und der daraus entstandenen Fantasie, an dessen Stelle sein zu wollen, stammen. Aber warum sollte sich ein erwachsener Mensch dazu veranlasst sehen, einem anderen Erwachsenen benutzte Windeln zu wechseln, ihn zu säubern, ihm das Fläschchen zu reichen und vieles mehr?

An dieser Stelle ließ ich vor meinem inneren Auge die Inhalte sowohl der im Laufe der Jahre gelesenen Geschichten als auch der Kontaktanzeigen Revue passieren. Ich kam zu dem Ergebnis, dass fast alle Personen, die in unserem Rollenspiel als Erwachsene auftreten, weiblich sind, während der überwiegende Teil der Adult Babys männlich ist. Gut, es gibt auch immer wieder die Konstellation weiblicher Erwachsener und weibliches Adult Baby, aber auch das ist eine Vorstellung, der man gerne als Mann anhängt. An der Vormachtstellung der Frauen in der Rolle der Erwachsenen (ob nun in der Fantasie der Geschichten oder der Realität der Tatsachenberichte und Kontaktanzeigen) ändert das jedoch nichts.

Ganz offensichtlich scheint der Reiz des ‚Baby-Spiels' für Männer und Frauen unterschiedlich zu sein: Bei den Männern denkt man natürlich sofort daran, dass sie wegen der gesellschaftlichen Bilder von einem Mann immer stark und ‚die Macher' sein müssen. In ihrer Rolle als erwachsenes Baby dürfen sie hingegen schwach und hilflos sein, also das genaue Gegenteil von ihrer realen Alltagsrolle. Wenn sie die ‚Bemutterung' durch eine erwachsene Person auch noch erotisierend finden, haben sie für sich ein Ventil gefunden, um aus dem Alltag ausbrechen und sich von dessen Zwängen erholen zu können. Aber wie sieht das mit den Frauen aus, die ja in der Realität überwiegend die Rolle der Mutter und/oder treusorgenden Gattin ausfüllt? Für sie bedeutet doch eigentlich die Teilnahme am Rollenspiel keine Veränderung, da sie im Spiel die gleiche Funktion wie im Alltag einnehmen? Finden sie das Adult-Baby-Spiel vielleicht nicht anregend und machen nur ihren Männern zuliebe mit?

Nun, ich überlegte mir, wie viele Frauen in Internetforen gemeldet waren und wie viele eine Kontaktanzeige in Printmedien schalteten. Abgesehen von professionellen Gewerbetreibenden, die neben einer überwiegenden Tätigkeit als Domina und damit Vertreterin des BDSM auch die erwachsenen

Babys als Kundengruppe ansprechen, ist der Frauenanteil ganz offensichtlich verschwindend gering. Augenscheinlich finden es viele Frauen nicht erotisch oder sexuell anregend, wenn ihr Partner sich als erwachsenes Baby gibt. Dazu passt, dass in manchen Beziehungen der Mann zwar Windeln und Gummihosen tragen darf, aber auf alle weiteren Utensilien wie Schnuller, Babykleidung in Erwachsenengröße oder gar entsprechend passende Möbelstücke verzichten muss. Manche Männer leben aber sogar das Windeltragen nur heimlich aus, weil ihre Ehefrauen anderenfalls ungehalten bis ablehnend reagieren würden. Woher kommt diese Ablehnung beim überwiegenden Teil der Frauen? Warum finden es aber im Gegenzug manche Frauen dennoch so gut, dass sie sich auf eine Beziehung mit einem Freund des AB-Spiels einlassen und dieses mitgestalten?

Es scheint, als könnte die Wissenschaft hierüber Aufklärung geben. Sie gehen von der Erkenntnis aus, dass sich die Geschöpfe der Natur ihren Lebensbedingungen anpassen, dass sich aber dieser Anpassungsprozess über einen sehr langen Zeitraum von zehntausend und mehr Jahren hinziehen kann. Auch das Unterbewusstsein von uns Menschen lebt und denkt daher noch wie zu Zeiten der Steinzeit, weshalb sich das Rollenverständnis vom Mann als Jäger und der Frau als Sammlerin nicht viel verändert hat und nur sehr schwer verändern lässt. Auf Grund der zusätzlichen biologischen Tatsache, dass nur Frauen Kinder gebären können sowie der Tätigkeit als Sammlerin in einer Gruppe hat sich bei Frauen eine soziale und kommunikative Kompetenz entwickelt, die sie ungleich empathischer als Männer reagieren lassen. Die bei den Männern ausgeprägten Fähigkeiten sind dagegen auf anderen Gebieten weiter entwickelt wie beispielsweise beim räumlichen Sehen, was für eine erfolgreiche Jagd wichtig war. In der deutlich ausgeprägten sozialen und empathischen Denkweise einer Frau wird daher heutzutage der Grund für ihre Tätigkeiten in der Neuzeit in überwiegend sozialen Berufen gesehen.

Ich dachte über diese Ergebnisse der Forschung nach. Wenn also Frauen ohnehin eine ‚soziale Ader' haben, könnte das der Grund für ihre Akzeptanz eines erwachsenen Babys sein, da dessen Verhalten genau die Sinne anspricht, die innerhalb der weiblichen Kernkompetenzen extrem weit ausgeprägt sind. Da sie es in einem solchen Fall letztlich mit einem erwachsenen Mann zu tun haben, könnten neben den sozialen Fähigkeiten auch ihre sexuellen Sinne angesprochen werden. Vielleicht kommt ergänzend der Umstand hinzu, dass der Mann, der im Alltag eher selten Gefühle und Schwächen zeigen will, dies als Adult Baby in kaum zu steigernder Weise macht. Vielleicht könnte alles zusammen als Kombination eine Frau dazu animieren, das Spiel mitzumachen und dabei die Rolle der Erwachsenen einzunehmen. Das würde erklären, warum so gut wie keine Männer als aktiver Erwachsenenpart in Erscheinung treten: Es entspricht nicht ihren Kernkompetenzen. Doch warum reagiert offensichtlich nur ein kleiner Teil der Frauen positiv auf diese Fantasie?

Vielleicht liegt dies in der alltäglichen Rolle der Frauen und ihrer Funktion im AB-Spiel? Schaut man sich die Rolle der Frau an, dann muss sie nicht zuletzt wegen der Akzeptanz durch andere Frauen berufstätig, Mutter, Ehefrau und Hausfrau sein. Im Berufsleben ist die überwiegende Zahl der Frauen in sozialen Berufen wie Krankenschwester, Altenpflegerin und viele andere mehr oder in einem Büro tätig. Alle diese Aufgaben entsprechen den weiblichen Kernkompetenzen. Allerdings sind sie gerade im Berufsleben überwiegend männlichen Vorgesetzten unterstellt, das heißt sie haben letztlich keine strategischen Entscheidungsbefugnisse – was sich in der Regel dann auch in der Bezahlung bemerkbar macht. In der Summe, so konstatierte ich für mich, verrichten Frauen im Alltag zahlreiche Arbeitsstunden mit der Anwendung ihrer Kernkompetenzen in gleich mehreren Bereichen und Tagesabschnitten und sind dennoch im Grunde Männern nachgeordnet. Am Ende eines Tages bestimmt dann der Ehemann oder Freund mit seinem Verhalten das sinnlich erotische Spiel. Die Rolle der erwachsenen Person oder ‚Mami' fällt dabei der Frau zu. Das passt zwar zu ihren Kernkompetenzen, aber da sie diese ja bereits den ganzen Tag in verschiedenen Bereichen hat erfüllen müssen, würde das Einlassen auf das AB-Spiel für die Frau letztlich nur eine Fortsetzung des Alltags sein. Für den Mann wäre es dagegen ein kompletter Rollenwechsel, aber für die Frau eben nicht. Für sie wäre ein Rollenwechsel wohl eher dann möglich, wenn sie die Rolle des Adult Babys einnehmen würde. Das scheitert jedoch gewöhnlich an dem Wunsch des Mannes nach dieser Rolle. Es scheint mir verständlich zu sein, dass eine Frau die Fortsetzung ihres anstrengenden Alltags im sinnlich-erotischen Kontext eher ablehnt als dass sie der Annahme zuzustimmen würde. Damit wäre eine Erklärung für die wenigen Frauen in der ‚AB-Szene' ebenso gefunden wie die Begründung der oftmals nur bedingten Zustimmung der wenigen anzutreffenden Frauen, so dass deren Männer nur Teilaspekte ausleben können.

An dieser Stelle erinnerte ich mich an Forschungsergebnisse, wonach Frauen auf Grund der evolutionären Entwicklung des Menschen und seines Denkens einen guten Ernährer für ihre geplanten Kinder suchen. Das Unterbewusstsein der Frauen ist daher darauf ausgerichtet, einen möglichst starken und selbstbewussten Mann zu finden, weil dies ein guter Jäger sei. Heutzutage spielt die Jagd zur Nahrungsgewinnung im Leben eines Mannes keine große Rolle mehr, aber die Denkweise ist bei den Frauen erhalten geblieben, da die Natur entsprechende Veränderungen nur über einen langen Zeitraum von mehreren tausend Jahren bewerkstelligen kann. Dass auch Männer noch immer dem Jagdtrieb frönen, wird deutlich, wenn man die potentielle Beute nicht mehr in der Nahrungsgewinnung sieht, sondern bei der Jagd nach Sammelobjekten. Frauen denken heute ebenfalls noch in den Kategorien von ‚damals', da diese Denkweise fest in unserem Unterbewusstsein verankert ist. Sucht eine Frau aber unbewusst nach einem ‚starken Mann', könnte ein männliches Adult Baby auf sie eher unattraktiv wirken, weil es nicht dem Wunschbild eines starken Jägers entspricht. Das Ergebnis wäre dann die Ablehnung einer Beziehung mit dem AB. Allerdings würde dieser Gedankengang voraussetzen, dass die Frau vor dem Eingehen einer Beziehung vom fraglichen Mann über dessen Faible unterrichtet worden ist. Ob diese vorherige Information gängige Praxis ist oder nicht, vermag ich nicht einzuschätzen, da kaum jemand darüber spricht.

Andererseits gibt es aber auch Frauen, die innerhalb eines AB-Rollenspiels den Part des Erwachsenen einnehmen. Ich dachte darüber nach und kam zu dem Ergebnis, dass bei diesen Frauen sehr wahrscheinlich die sozialen Kernkompetenzen gegenüber der Suche nach dem ‚besten Jäger und Ernährer‘ deutlich überwiegen. Vielleicht, und das schoss mir nun noch durch den Kopf, ist es aber auch der Reiz des Ungewöhnlichen und/oder das Wissen um ein Geheimnis, denn ein Faible für das AB-Dasein wird gewöhnlich nicht publik gemacht. Vielleicht gibt es also einen Haupt- oder einen Haupt- nebst Nebengrund für die Akzeptanz? Ich wälzte diesen Gedanken ganz angestrengt in meinem Kopf hin und her, ohne letztlich zu einem Ergebnis zu kommen. Möglicherweise könnte hier nur die Empirie zu einer erhellenden Erkenntnis führen. Ob dafür jedoch die Auskunftsbereitschaft der ‚Mamis‘ gegeben wäre, bezweifelte ich.

Da ich an dieser Stelle nicht mehr weiterkam, widmete ich mich der anderen Teilfrage, nämlich ob ich einem erwachsenen Baby die Windeln wechseln und ‚es‘ saubermachen könnte. Sofort dachte ich an meine nassen Windeln. Da die Vlieseinlage der Windeln die Feuchtigkeit und gewöhnlich auch den Uringeruch schnell bindet, entstehen beim Windelwechsel schlimmstenfalls geringe Geruchsbelästigungen. Durch die schnelle Bindung der Feuchtigkeit entsteht am Unterleib des betreffenden ‚Windelkindes' kein großer Schmutz. Anders sieht es beim ‚Großen Geschäft' aus, da ist sowohl eine sehr starke Geruchsentwicklung als auch je nach vorherigem Verhalten des erwachsenen Babys der Unterleib stark bis sehr stark verschmutzt. Eine solche Säuberung ist selbst für jemanden, der den Erwachsenenpart gerne spielt, eine Herausforderung. Meine Mami lehnt das als ‚Zumutung' ab und hat mir daher strengstens verboten, ‚Groß' in die Windel zu machen, während Pipi erlaubt ist. Ich respektiere diesen Wunsch und so leben wir mit diesem Kompromiss. Um sie nicht über Gebühr zu belasten, nässe ich auch nicht ständig ein, sondern setze mich öfter auf das Töpfchen – das ist schneller zu reinigen als mein Unterleib. Auch das ist Bestandteil unseres Kompromisses.

Dennoch habe ich in der Vergangenheit als Adult Baby die Wirkung einer nassen und auch einer vollen Windel kennen lernen können. Angesichts der sehr intensiven ‚Düfte' würde ich das Wechseln einer Windel mit Darmfüllung alles andere als erbaulich finden. Da sie aber schnell zusammengelegt und in einem Eimer mit Deckel entsorgt werden könnte, wäre die Geruchsbelästigung zeitlich eng begrenzt. Anders sieht es hingegen beim Säubern des Unterleibs aus, denn die erforderliche Gründlichkeit braucht natürlich ihre Zeit. Hier kann ich mir nur sehr schwer vorstellen, die dafür erforderliche Geduld aufzubringen. Das wäre also sehr wahrscheinlich nichts für mich. Anders könnte es mit einer nassen Windel aussehen – da die Geruchsbelästigung dabei gering und der Grad der Verschmutzung durch die Flüssigkeitsaufnahme des Vlieses weniger ausgeprägt ist, könnte ich mir das schon eher vorstellen. Bei genauerem Nachdenken fände ich es sogar interessant, diese Erfahrung zu machen. Ob es mir dann gefallen würde, bliebe abzuwarten. Da also vieles an der Geruchsentwicklung zu hängen scheint, könnte eine grundsätzlich unempfindliche Nase von Vorteil sein. Zum Glück, in diesem Kontext aber leider verfüge ich über eine ‚Durchschnittsnase', so dass mir dieser Vorteil nicht gegeben ist. Auf die letzte Ausgangsfrage zurückkommend kam ich daher zu dem Ergebnis, dass ich bei einem AB-Spiel nur innerhalb ganz bestimmter Grenzen einem Erwachsenen die Windel wechseln würde. Vielleicht nicht einmal das, aber hierzu müsste ich erst praktische Erfahrungswerte sammeln, das heißt es einmal ausprobieren.

Nun dachte ich, dass ich meine Betrachtung abgeschlossen hätte. Dem war aber nicht so, denn mir ging plötzlich noch eine Frage durch den Kopf: Würde ich die praktische Erfahrung unabhängig vom Geschlecht machen oder hätte ich diesbezüglich Präferenzen?

Nun bin ich ja heterosexuell und würde daher gerade mit Blick auf den erotisch-sexuellen Aspekt des AB-Spiels ganz klar das weibliche Geschlecht bevorzugen. Allerdings bin ich mir der zahlenmäßigen Überpräsenz der männlichen Freunde dieser Spielart bewusst. Da das Säubern eines Unterleibs bei der gesäuberten Person Lustgefühle auslösen könnte, muss das bei mir als säubernder Person nicht zwangsläufig auch der Fall sein. Möglicherweise würde der Spaßfaktor bei mir dann niedriger sein als es wünschenswert wäre. Fehlende Lustgefühle bei mir wären aber wohl kein Grund zur Annahme, dass darunter meine Fähigkeit zum Säubern an sich leiden würde. Die Frage war ja, ob ich einer anderen erwachsenen Person im Rahmen eines AB-Spiels die Windel wechseln könnte und nicht, ob ich das könnte und dabei Lust empfinden würde. Bei einer Frau als Adult Baby wären erotische Gedanken und Lustempfinden sicher sehr wahrscheinlich, bei einem männlichen Adult Baby wäre es fraglich.

Alle Teilergebnisse meiner Überlegungen zusammengefasst ergeben folgendes Resultat: Grundsätzlich würde ich einem erwachsenen Baby die Windel wechseln, solange sie nur das kleine Geschäft beinhaltet. Des Weiteren würde ich einen solchen Windelwechsel innerhalb der oben genannten Grenzen bei beiden Geschlechtern vornehmen, lediglich mein Lustempfinden würde je nach Geschlecht des AB wohl unterschiedlich ausfallen. Aber auch hier gilt: Ich müsste es ausprobieren. Immerhin weiß ich jetzt, dass ich grundsätzlich zu einem Windelwechsel bei einem Adult Baby bereit wäre. Das ist ein sehr interessantes Ergebnis, mit dem ich nicht unbe-

dingt gerechnet hätte. Worauf einen ein klein wenig Nachdenken doch bringen kann...

Sind feste Toilettenzeiten sinnvoll?

Neulich habe ich ein Gespräch mit einem Bekannten geführt, bei dem es unter anderem auch um Japan ging. Keine Ahnung, wie wir auf das Thema gekommen sind, aber plötzlich war das Land ein Teil unseres Gesprächsinhalts. Mein Bekannter erwähnte dabei den Nationalstolz der Japaner und ihr Gefühl der Überlegenheit gegenüber uns Europäern. Als ich in fragen anschaute, nannte er als Begründung die dort herrschende Disziplin in allen Lebensbereichen, von der die Arbeitsdisziplin wohl die bekannteste sei. Hier dagegen müsse man im Vergleich zu Japan eher von Schlendrian sprechen. Als ich ihm widersprach, nannte er diverse Beispiele, die ihm seine japanischen Gesprächspartner als Beleg für deren Überlegenheit genannt haben sollen. Mir war das Thema nicht recht und so war ich um einen Themenwechsel bemüht. Aber dann wurde ich doch noch hellhörig: Laut meinem Bekannten soll einer der Japaner gesagt haben, dass wir Europäer ja nicht mal unseren Körper beherrschen würden. Mein Bekannter meinte, dass er das nicht verstanden und nachgefragt hatte. Als Antwort habe er die Information bekommen, dass bei den Japanern sogar die Darmentleerung sehr diszipliniert ablaufe, weil die Kinder darauf trainiert werden, zu einer bestimmten Zeit ihr ,Großes Geschäft' zu verrichten. Bei uns würde man das je nach Bedarf machen, das heißt in den Augen der Japaner haben wir nicht einmal unseren Darm und damit nicht mal uns selber im Griff. Weil wir uns nicht im Griff haben, seien wir schwach, was sich dann auf die Arbeit und alle anderen Bereiche auswirke. Die Folge sei das Gefühl der Überlegenheit gegenüber uns primitiven Europäern. Nun hat mein Bekannter sich auf seine persönlichen Gespräche mit einigen Japanern berufen und ich weiß nicht, ob er alles richtig verstanden oder manches im richtigen Zusammenhang wiedergegeben hat. Auf mich wirkte das Ganze sehr konstruiert und irgendwie unglaubwürdig. Natürlich könnte ich versuchen, seine Angaben mittels des Internets oder durch eigene Gespräche mit Japanern zu überprüfen, aber wie sollte man ein Gespräch beginnen, um den Wahrheitsgehalt einer so vagen und zugleich intimen Fragestellung zu überprüfen? Was, wenn das Ganze oder ein Scherz von meinem Bekannten oder seinen japanischen Gesprächspartnern war? Andererseits konnte ich natürlich nicht ausschließen, dass die Angaben auf der Realität beruhten. Ich beschloss, das Ganze zu vergessen.

Wie ich nun hier mit dem Abstand von einigen Wochen zu dem Gespräch auf meinem Töpfchen saß, fragte ich mich, ob an der Sache etwas dran sein könnte. Einem ersten Impuls folgend wollte ich in Ermangelung von japanischen Gesprächspartnern das Internet bemühen. Aber kam es wirklich darauf an, ob der Inhalt dieser Aussage wahr oder erfunden war? Es war ein Gespräch unter Bekannten, also ein Smalltalk, wie man das heutzutage zu nennen pflegt. Unabhängig davon, ob die Geschichte real war oder nicht, würde sich doch im Grunde nur die Frage stellen, ob man so etwas machen könnte. Allein der Gedanke, mir die Abführung des Darminhalts zu einer festen Zeit anzutrainieren, erschien mir außerordentlich interessant zu sein. Ich hielt das Ganze für erwägenswert, selbst wenn sich später herausstellen sollte, dass man das in Japan überhaupt nicht praktizieren würde. Da ich ja gerade nichts anderes machen konnte, versank ich also in Gedanken.

Ich dachte zunächst an mein eigenes Toilettentraining als erwachsenes Baby. Da dieses Dasein ja möglichst realitätsnah sein soll, versuchte meine ,Mami' natürlich immer wieder, mich ,sauber zu bekommen'. Zu diesem Zweck legte sie mir immer eine Höschenwindel statt der sonst üblichen Windel an, weil sie die schneller herunter- und hinaufziehen konnte. Das war für sie zum einen eine Arbeitserleichterung, zum anderen konnten keine Klebestreifen kaputt gehen und damit die normale Windel unbrauchbar machen. Windeln für Erwachsene sind zwar nicht gerade kostspielig, aber man muss ja nicht unnötig Kosten und Müll produzieren.

Mit der Höschenwindel bekleidet habe ich dann spielen dürfen. Mami hat mich alle halbe Stunde gefragt, ob ich ,mal müsse'. Bei einem ,Ja' hat sie mich sofort auf das Töpfchen gesetzt und ich durfte erst herunter, wenn ich fertig war. Bei einem ,Nein' als Antwort hat sie unterschiedlich reagiert: Manchmal hat sie es einfach akzeptiert und einige Zeit später erneut gefragt. Bisweilen hat sie aber auch trotz des klaren ,Nein' ziemlich penetrant nachgefragt, ob ich die Wahrheit sagen würde. Hin und wieder musste ich mich aber auch trotz Verneinung ihrer Frage doch auf das Töpfchen setzen. Natür-

lich war letzteres mit großem Gezeter verbunden, aber ‚Mami'
blieb hart – und notfalls bekam ich einen tüchtigen Klaps auf
den nackigen Po. Mit den drei Optionen hatte sie es in der
Hand, Abwechslung ins Spiel zu bringen.

Musste ich mich trotz eines klaren ‚Nein' auf das Töpfchen
setzen, hatte ich mindestens zehn Minuten darauf zu sitzen.
Da ich ja tatsächlich ein Erwachsener bin, konnte ich die Uhr
lesen und hatte im Lauf der Zeit herausbekommen, welchen
Rhythmus ‚Mami' zugrunde legte. Natürlich wollte ich das
Spiel etwas interessanter gestalten und sagte immer mal wieder ‚Nein', obwohl das gelogen war. Keine fünf Minuten später
nässte ich ein und lief zu meiner ‚Mami', um nach einer fri-
schen Windel zu betteln. Sie war darüber nicht sehr amüsiert,
manchmal sogar richtig erbost – dann konnte es vorkommen,
dass ich die benutzte Windel noch einige Zeit ‚zu Lernzwe-
cken' tragen musste. Natürlich waren auch diese Reaktionen
gespielt, aber sie sorgten für Würze im Rollenspiel.

Letztlich war mein Toilettentraining jedoch Bestandteil unseres
Arrangements. Da die Benutzung der Windel im abgespro-
chenen Rahmen zu unserem AB-Spiel dazu gehört, durfte
mein Training natürlich keinen Erfolg haben, da anderenfalls
die Notwendigkeit zum Windeltragen entfallen und das AB-
Spiel beendet gewesen wäre. Daher war dieses Training auch
nur während einiger weniger Tage im Jahr Teil unseres Spiels.
Meistens handelte es sich dann um Urlaubstage oder ein Wochenende, damit ein halbwegs realistischer Zeitrahmen zur

Verfügung stand. Zu oft bauten wir diese Komponente aber nicht in unser Spiel ein, damit es sich nicht ‚abnutzte'.

Ein Toilettentraining kann man also in ein AB-Spiel einbauen, aber es sollte keinen Erfolg haben, weil dann das Tragen einer Windel als Hauptanliegen eines erwachsenen Babys wegfallen würde – und das wäre ein für jedes AB grauenhafter Gedanke. Aber, so überlegte ich mir jetzt, nur weil im Spiel die Beherrschung unserer Entleerungen zeitlich ungebunden und damit im hier betrachteten Kontext undiszipliniert erfolgen sollte, könnte vielleicht ein entsprechendes Training zu mehr Disziplin bei den Abführungen im Alltag von Vorteil sein. Mit einer festen Zeit könnte man seine Darmentleerung relativ konkret in den Tagesablauf einplanen und würde zu anderen Zeiten keine bösen Überraschungen durch plötzliches Darmdrücken erleben. Auch als AB könnte man sicher davon profitieren, weil man zwar während der Arbeitszeit kein komplettes AB-Outfit tragen kann, sehr wohl aber Windel und Gummihose. Könnte man sich so trainieren, dass man seinen Darm daheim entleeren könnte, hätte man unter Umständen keine Probleme mit dem Abnehmen und Anlegen der Windel in den meist engen Kabinen der Toiletten am Arbeitsplatz. Vor diesem Hintergrund erschien mir eine entsprechende Disziplinierung des eigenen Körpers daher recht sinnvoll zu sein.

Mein Bekannter hatte erwähnt, dass japanische Kinder während des Sauberkeitstrainings dazu erzogen werden, ihre Abfuhr immer zur gleichen Zeit zu machen. Das würde man nach seinen Worten dadurch erreichen, dass die Kinder erst das

Töpfchen verlassen dürfen, wenn sie es benutzt hätten. Wie gesagt: Den Wahrheitsgehalt seiner Aussagen habe ich nicht überprüft. Aber war das überhaupt erforderlich? Schließlich war ich ja ein erwachsener Mensch und könnte mit meiner ,Mami' doch einfach eine solch strenge Vorgehensweise vereinbaren.

An dieser Stelle überlegte ich nun aber, ob man die enge Zeitbindung einer Entleerung für sich selber hinbekommen könnte. Grundsätzlich wäre das unabhängig davon durchführbar, ob man es als erwachsenes Baby oder als Durchschnittsmensch ausprobieren würde. Der Unterschied wäre wohl nur, dass einer auf dem Töpfchen, der andere auf einer Toilettenschüssel sitzen würde. Entscheidend für die Festlegung ,Erfolg' oder ,Misserfolg' wäre ohnehin nur eine Entleerung zur annähernd gleichen Zeit. Das würde für die betreffende Person eine Umstellung bedeuten, denn fast alle Menschen gehen bei Bedarf und unabhängig, von der Tages- oder Uhrzeit auf die Toilette. Also, schlussfolgerte ich, müsste man sich bei einer Disziplinierung zunächst einmal überlegen, welche Tageszeit am besten geeignet wäre. Das dürfte von den Gewohnheiten des Tages und den zeitlichen Erfordernissen wie Arbeitszeit und ähnlichem her sicher individuell verschieden sein. Hätte man dann die Tageszeit festgelegt, könnte man eine Selbstdisziplinierung versuchen und sich sogar auf eine bestimmte Uhrzeit festlegen. Das könnte sogar von Erfolg gekrönt sein, denn ich überlegte mir, dass die Entleerung ja von der Menge der aufgenommenen Nahrungsmittel abhängig

90

sein müsse. Mit einer gewöhnlichen Tagesmenge würde man den Darm zu einer Abführung anregen. Wählt man nun eine feste Zeit für seine Entleerung aus, könnte man, gegebenenfalls auch mittels mehr oder weniger kräftigem ‚Drücken' sogar Erfolg haben. Da dann bis zur nächsten ‚Sitzung' rund vierundzwanzig Stunden verstreichen würden, in der die normale Nahrungsmenge erneut aufgenommen werden würde, könnte also einen Tag später ein weiterer ‚Erfolg' anstehen. Es schien mir also möglich zu sein, sich entsprechend selber disziplinieren zu können.

Allerdings gab es ein Problem: Nicht alle Tage laufen im Leben eines Menschen nach dem gleichen Schema ab. An Urlaubstagen ist unser Lebensrhythmus anders als an Arbeitstagen, am Wochenende weichen wir gerne von den Werktagen ab und an manchen Arbeitstagen steht abends ein Termin mit Freunden oder ein Vereinsabend an. Würden wir unser Toilettenverhalten diszipliniert und somit auf eine bestimmte Zeit begrenzt haben, könnten wir es nur auf einen Rhythmus einstellen. Das hätte zur Folge, dass wir zu anderen Zeiten improvisieren müssten oder unangenehm überrascht werde könnten – also im Grunde das erleben würden, womit wir jetzt auch schon jederzeit rechnen müssen. So gesehen würde die Selbstdisziplinierung wohl nur unter bestimmten Rahmenbedingungen einen Nutzen bringen, während sie im Übrigen Probleme bereiten könnte. Es sei denn, man könnte das antrainierte Verhalten erforderlichenfalls temporär verändern, um später zum alten Rhythmus zurückzukehren. Also in gewisser

Weise ein flexibles Verhalten zugrunde legen und die körperliche Reaktion entsprechend anpassen. Das wäre dann wohl eine flexible Disziplin.

Über diese Möglichkeit dachte ich nun nach. Zugegeben, der menschliche Körper ist sehr lern- und anpassungsfähig, aber ob auch die Abführung ständig umtrainiert werden könnte? Mir kamen Zweifel, denn die Umstellung müsste ja relativ schnell erfolgen – am letzten Arbeitstag noch nach dem alten Rhythmus, am ersten Urlaubstag bereits nach dem neuen – würde das funktionieren? Das erschien mir dann doch sehr ambitioniert zu sein. Sicher könnte man kleinere Zeitverschiebungen vornehmen und damit die Disziplin aufrecht erhalten, aber eine größere Umstellung erschien mir gerade beim Wechsel im Verhalten von Arbeitstagen zu freien Tagen wegen der fehlenden Trainingszeit sehr unwahrscheinlich zu sein. Zudem erinnerte ich mich an das Gespräch mit meinem Bekannten, der ja von einem intensiven Training mit den Kindern berichtet hatte. Für Erwachsene dürfte daher mindestens ein ebenso intensives Training erforderlich sein, vielleicht sogar ein noch härteres: Als Erwachsener könnte man schließlich jederzeit alles beenden, was man sich freiwillig auferlegt hat. Selbst als erwachsenes Baby kann man das Spiel jederzeit abbrechen, so dass ein Durchhalten ungleich mehr Selbstdisziplin verlangen würde als wenn man unter Zwang stehen würde. Gut, man könnte seine ‚Mami' bitten, das Training sehr konsequent zu überwachen, aber damit könnte sich der Schwerpunkt des Spiels vom Training der Darmentleerung hin zu einem Machtspiel zwischen AB und seiner ‚Mami' verlagern. Zudem: Selbst wenn man sich das Ganze allen Mühen zum Trotz selber beibringen könnte, würde man bei einem Wechsel der Rahmenbedingungen das mühsam Antrainiertes innerhalb kurzer Zeit umändern müssen. Ob das klappen würde? Mir erschien es dann doch recht unwahrscheinlich zu sein. Manche Menschen mögen das sicher hinbekommen, aber ich bezweifelte, dass die meisten diese Geduld haben würden. Ich übrigens eingeschlossen, wie ich mir eingestand.

Als Ergebnis hielt ich für mich fest, dass ich grundsätzlich durchaus einige Vorteile durch eine Selbstdisziplinierung beim Toilettengang bezüglich des ‚Großen Geschäfts' sehen würde. Allerdings könnte ich einer Umsetzung im Alltag angesichts meiner Gedankenkette bestenfalls sehr geringe Erfolgschancen einräumen. Es könnte jedoch eine recht interessante Variante des Topftrainings sein, wie ich es gelegentlich mit meiner ‚Mami' während unseres AB-Spiels praktiziere. Schließlich beleben neue Ideen auch das AB-Spiel und erhöhen seinen Reiz. Wir werden daher die ‚japanische Variante' sicher demnächst ausprobieren – unabhängig davon, ob der Bericht meines Bekannten nun auf Tatsachen oder einem Missverständnis beruht. Selbst wenn er oder sein japanischer Gesprächspartner sich das Ganze nur ausgedacht haben sollte, wäre es mir egal: Für meinen Alltag als Erwachsener würde ich es ja ohnehin nicht ausprobieren wollen, aber in meiner Rolle als erwachsenes Baby dürfte es eine interessante Abwechslung sein. Wer weiß, vielleicht sogar eine Bereicherung. Nach dem ersten Mal werde ich mehr wissen...

Gegessen wird, was auf den Tisch kommt!

Jeder Mensch hat im Laufe der Jahre eine Vorliebe für bestimmte Speisen sowie eine Ablehnung gegenüber anderen Gerichten entwickelt. Manche Ablehnung hat eine leicht erklärbare Ursache, beispielsweise eine Unverträglichkeit oder eine Allergie, während andere geschmacklich erklärt werden können. Manchmal ist auch kein Grund erkennbar.

Die Entwicklung von Leibgerichten oder die Ablehnung von anderen Gerichten gehört natürlich auch zum Leben eines erwachsenen Babys dazu. Wir sind ja schließlich ganz normale Menschen, die lediglich auf dem Gebiet der Erotik ein etwas ausgefallenes Faible haben. In gewöhnlichen Beziehungen gehört es wohl eher zur Tagesordnung, dass die Gerichte gekocht werden, die allen Familienmitgliedern schmecken. Im Einzelfall mag es davon bei bestimmten Bestandteilen Ausnahmen geben, aber im Regelfall werden Speisen weggelassen, die einem Teil der Familie nicht munden.

Wie ich nun so dasaß, ging mir die Frage durch den Kopf, ob das bei erwachsenen Babys und ihren Frauen/Freundinnen in der Rolle der ‚Mami' auch so ist. Grundsätzlich wäre eine identische Handlungsweise anzunehmen, aber so ganz stellte mich diese Antwort nicht zufrieden. Immerhin hat die Mami im Rollenspiel das Sagen und könnte daher frei schalten und walten. Ob das ein Großteil von ihnen auch wirklich tut, vermag ich mangels entsprechender Informationen nicht zu sagen, aber bei uns läuft das in der Tat so:

Meine Mami kennt natürlich meine Vorlieben ebenso wie die von mir verschmähten Speisen. Oftmals kocht sie das, was ich gerne mag, aber eben nicht immer. Wenn sie sich über mich geärgert hat oder sie umgekehrt mich ärgern will, greift sie zu den von mir abgelehnten Gerichten. In meiner Rolle als erwachsenes Baby darf ich mich meiner Mami nicht widersetzen und muss das jeweilige Zeug dann hinunterwürgen. Natürlich gebe ich meinen Abscheu kund, was innerhalb der AB-Rolle entsprechend leicht fällt. Die Antwort ist dann immer die gleiche: „Gegessen wird, was auf den Tisch kommt!" Ein Satz, den ich aus meiner echten Kindheit und Jugendzeit nur zu gut kenne. Im Endeffekt durfte ich als echtes Kind immer erst dann aufstehen, wenn der Teller leer war. In unserem Rollenspiel steuere ich in solchen Momenten jedoch nicht selber die eigene Nahrungsaufnahme, denn ganz im Sinne des Rollenspiels werde ich von Mami gefüttert. Wehe, wenn ich dann wie ein echtes Kleinkind das Essen ausspucken würde! Das habe ich einmal vollkommen rollenkonform gemacht, woraufhin Mami aus der Rolle gefallen ist und mir mit dem Kochlöffel den von der Windel befreiten Popo verhauen hat. Selbstredend, dass ich danach die von mir angerichtete Verschmutzung auch selber aufwischen musste. Natürlich hätte ich mich weigern können, aber Mami, die in dem Moment wieder zu meiner Freundin geworden war, war ernsthaft böse. Ich kenne sie nur zu gut und wollte die Angelegenheit daher nicht mit unnötiger Strafverweigerung verschärfen.

Natürlich habe ich später mit meiner Freundin außerhalb des Rollenspiels über das Essen gesprochen. Sie vertrat den Standpunkt, dass ich als Erwachsener beim Essen zu mäkelig sei und sie daher das Rollenspiel für eine Art ‚Anti-Ekel-Training' nutze. Das Ziel sei also die Gewöhnung an von mir verschmähte Speisen, damit der Essensplan entsprechend abwechslungsreicher gestaltet werden könne. Als Freundin könne sie diese Gewöhnung nicht erreichen, aber als Mami könne sie das mir gegenüber durchsetzen. Eine Verweigerung meinerseits würde entweder meine Bestrafung zur Folge haben oder ich müsste aus der Rolle fallen und das Spiel abbrechen. Eine in meinen Augen in sich logische Erklärung. Allerdings habe ich dabei keine Chance, den ungeliebten Speisen zu entkommen, was mir weniger gefällt. Gut, sie kocht bei solchen Gelegenheiten keine Gerichte, gegen die ich allergisch bin oder bei denen eine Unverträglichkeit besteht, sondern nur solche, die mir einfach nicht schmecken. Ich habe bei solchen Gelegenheiten nur die Wahl des (widerwilligen) Essens oder dem Verlassen meiner Rolle – keine schönen Optionen. Meine Bitte, doch uns beiden schmeckende Gerichte zu kochen, lehnte meine Freundin ab. Sie verwies nicht ganz zu Unrecht auf ihre alleinige Entscheidungsbefugnis hinsichtlich des Essensplanes, da richtige Babys dabei auch nicht mitbestimmen würden. Die Tatsache, dass ich ein erwachsenes Baby sei und mich artikulieren könne, gebe mir nicht das Recht, davon Gebrauch zu machen und in ihre Essensplanung hineinzureden. Es wäre ein Bruch mit der Rolle, deren realitätsnahe Ausgestaltung mir doch sonst immer so wichtig sei. Ein sehr stichhaltiges Argument!

Natürlich dachte ich über ihre Argumentation intensiv nach in der Hoffnung, eine Schwachstelle finden zu können. Aber trotz allen Grübelns konnte ich keinen Ansatz für eine Erfolg versprechende Erwiderung finden. Wenn ich also weiterhin die Rolle einen erwachsenen Babys möglichst realitätsgetreu ausleben wollte, müsste ich manche Unannehmlichkeit in Kauf nehmen. Nun sind das keine Forderungen, die mir gesundheitlich, psychisch oder auf andere Weise schaden würden, sondern mir einfach nur unangenehm wären. In diesem Moment fiel mir ein, dass ja auch meine Mami diverse Opfer brachte, denn das Wechseln einer nassen Windel und das Säubern meines Unterleibs ist sicher auch nicht immer die von ihr favorisierte Aufgabe. Zwar hatten wir bezüglich der Windelbefüllung eine klare Absprache getroffen, aber dennoch dürfte es ihr ein ums andere Mal unangenehm gewesen sein. Trotzdem erfüllte sie ihre Rolle ohne zu lamentieren. Wenn sie also Unbehagen hinunterschluckte und alles tat, um den Zauber des Rollenspiels zu bewahren, musste ich wohl nicht zuletzt der Fairness halber auch entsprechende Opfer bringen. Bestand dieses Opfer für mich im Verzehr von ungeliebten Speisen, musste ich mich eben überwinden und sie schlucken. Das wäre dann ein weiterer Kompromiss zur Bewahrung unseres Spiels – und ein realitätsnaher dazu.

Aber warum bestand Mami darauf, solch unangenehme Gerichte für mich zu kochen? War ihr Argument des ‚Anti-Ekel-

Trainings' ernst gemeint oder wollte sie sich nur hin und wieder für meine nassen Windeln revanchieren? Hatte sie vielleicht an solchen Tagen aus irgendeinem Grund schlechte Laune und reagierte sich auf diese Weise ab? Wieder hatte ich Stoff zum Nachdenken.

Zunächst verwandte ich einige Gedanken auf eine mögliche Revanche für nasse Windeln oder ähnliche, ihr unangenehme Verrichtungen. Diesen Erklärungsansatz verwarf ich aber sofort, denn gemäß unserem Kompromiss benutzte ich nicht jede Windel. Es gab also eine klare diesbezügliche Regel, die natürlich nicht unwiderrufbar war. Mami hätte also jederzeit außerhalb des Rollenspiels die Möglichkeit gehabt, mit mir über eine Änderung zu sprechen. Sie wusste, dass ich in solchen Dingen kompromissbereit war, denn gerade in der Anfangszeit haben wir manches eingeführt und später geändert. Daher konnte ich nicht an eine Revanche wegen der benutzten Windeln oder einem ähnlichen Grund glauben.

Stress wäre dagegen eine gute Begründung. Jeder leidet mal darunter, ganz besonders im Beruf. Eine daraus resultierende schlechte Laune könnte daher zu einer Kompensationshandlung führen. Vielleicht, wenn ich die Situation falsch eingeschätzt und ihr zusätzliche Arbeit bei meiner Betreuung als erwachsenes Baby beschert hätte. Damit könnte Stress auf den ersten Blick durchaus als Erklärung dienen. Allerdings haben wir auch diesbezüglich eine klare Abmachung: Hat einer von uns Stress auf der Arbeit, lässt er dem anderen eine kurze Nachricht per Handy oder SMS zukommen. Diese

Nachricht ist natürlich unverfänglich formuliert, so dass ein Außenstehender ihre Bedeutung nicht verstehen würde. Der Empfänger weiß dagegen sofort, dass er bei seiner Rückkehr nicht in seine jeweilige Rolle zu schlüpfen braucht. Auf diese Weise verhindern wir, dass ein gestresst heimkommender Part vom jeweils anderen in dessen Rolle empfangen wird. Was auf den ersten Blick also wie eine Erklärung aussah, musste ich bei näherer Betrachtung verwerfen.

Damit blieb nur noch das ‚Anti-Ekel-Training' übrig. Tatsächlich hatte Mami dieses auch als Grund für das Kochen von mir unangenehmen Speisen genannt. Ich ging in Gedanken die Gerichte durch, die bei mir keinerlei Freude auslösten. Im Ergebnis hatte ich zwei Sachen, bei denen es körperliche Reaktionen gab, von denen eine auf eine Unverträglichkeit hinwies. Beide Zutaten wurden von Mami aber seit bekannt werden meiner Reaktion darauf nicht mehr verwendet. Bei all den anderen Bestandteilen, Zutaten, Beilagen und so weiter konnte ich jedoch keinen triftigen Grund für meine Ablehnung finden. Ich mochte also etwas nicht, ohne es begründen zu können. Ich überlegte daher, wie es mit den mir wohlschmeckenden Speisen sei. Wieder konnte ich keinen plausiblen Grund finden, warum diese Gerichte von mir als ‚lecker' eingestuft wurden. Wenn ich aber weder für wohlschmeckende noch für die in meinen Augen ekligen Essen eine Begründung meines Verhaltens nennen konnte, musste es wohl etwas mit Einbildung oder dem Unterbewusstsein zu tun haben. Da fast alle anderen in meinem Umfeld die von mir abgelehnten Speisen sehr gerne mochten, war ich also der Außenseiter mit dem komischen Geschmack. Würde ich mich an das Essen dieser Gerichte gewöhnen, könnte das die Essensfrage bei mancher Feier entschärfen. Ein ‚Anti-Ekel-Training' wäre demnach genau das Richtige, um mir meine ‚Mäkeligkeit' auszutreiben. Dass das am besten im AB-Rollenspiel funktionieren würde, weil Mamis dort eine unantastbare Machtposition haben, erschien mir logisch. Auch, dass ein Ende oder zumindest eine Reduzierung meiner ‚Mäkeligkeit' die Variationsmöglichkeiten des heimischen Essenplanes deutlich erweitern würde, was eine deutliche Entlastung für Mamis diesbezügliche Planungen wäre. Von allen mir eingefallenen Gründen für ihr Verhalten war dieser Ansatz derjenige mit der größten Logik. Letztlich tat Mami damit nicht nur sich, sondern auch mir einen großen Gefallen. Das einzusehen war mir bislang recht schwer gefallen, aber nun, nachdem ich mir die Muße des Nachdenkens gegönnt hatte, verstand ich ihre Beweggründe. Ich nahm mir vor, mich auf ihr Training einzulassen...

Windeln bei sommerlicher Hitzewelle?

Das Wort ‚Klimawandel' ist derzeit in aller Munde. Unabhängig von der Frage, ob die Ursache dafür in dem nahen Stand der Erde zur Sonne auf Grund der elliptischen Umlaufbahn, dem Verhalten der Menschen oder in einer Kombination von beidem zu sehen ist: Die Winter werden milder und die Sommer heißer. Das dürfte sicher jeder bereits bemerkt haben, der sich noch an ‚richtige' Winter mit Temperaturen um minus zehn Grad und Schneemassen erinnern kann. In den lange zurückliegenden Sommern wurden ebenfalls ‚Hitzerekorde' bestaunt, aber diese lagen deutlich unter den derzeitigen Werten. Mit anderen Worten: Das Klima hat sich verändert.

Der Klimawandel hat natürlich auch Auswirkungen auf mein Rollenspiel. Als erwachsenes Baby liebe ich es ja, Windel und Gummihose zu tragen. Beides erzeugt eine gewisse Wärme am Unterleib, die von mir als angenehm geschätzt wird. Aber, so sinnierte ich nun zu Beginn des Frühjahrs, wie wirkt sich der Anstieg der Temperaturen auf mein Wohlbefinden beim Windeltragen aus? Könnte mein Faible durch den Klimawandel zumindest an manchen Tagen unangenehm werden und vielleicht sogar negative Folgen für mich haben?

Zunächst dachte ich an den Winter. Früher war es immer sehr kalt, so dass ich über meinem Windelpaket immer eine lange Unterhose oder eine Strumpfhose getragen habe, bevor ich die normale Hose darüber gezogen habe. So ließ sich die aus Minusgraden bestehende Kälte ertragen. Dennoch konnte es passieren, dass bei einem längeren Aufenthalt im Freien die Kälte durch die Stoffschichten hindurch kroch und insbesondere für kalte Oberschenkel sorgte. Das Windelpaket entfaltete dagegen die sicher allen erwachsenen Babys bekannte Wärme, was ich immer als sehr angenehm empfand - sogar die trotz der beiden Stoffschichten kalten Oberschenkel konnte ich damit immer besser ertragen. Nun ist laut Medizin große Wärme in Windel oder Unterhose der Potenz abträglich, was ich nicht von der Hand weisen kann, aber in den kalten Wintern war das für mich kein allzu großes Problem - vielleicht auch deshalb nicht, weil ich damals jünger war.

Nach einigen Momenten der Erinnerung an vergangene Winter wechselte ich zu den früheren Sommerzeiten. Diese waren warm, manchmal sogar richtig heiß – zumindest für unser damaliges Empfinden. Aber selbst der heißeste Sommer war im Grunde kühler als die heutigen Sommer. Das Tragen einer Windel war in dieser Jahreszeit nicht ganz so einfach, weil man leichter bekleidet war und die Windel von einem Beobachter leichter hätte entdeckt werden können. Daneben war mir die Wärme in der Windel wegen der hohen Außentemperatur nicht immer angenehm vorgekommen. Dennoch habe ich ganz brav Windel und Gummihose getragen und des Öfteren mehr als andere geschwitzt. Das war es mir aber wert. Die durch die ,innere' und ,äußere' Hitze (Windel und Sonne) entstandene Einschränkung der Potenz konnte ich nicht mehr leugnen und auch mit meiner Jugend nicht ganz ausgleichen Mit anderen Worten: Ich brauchte nach dem Ablegen der Windel im Vergleich zu meinem Lebensabschnitt ohne Windeln deutlich mehr Anlaufzeit für eine Erektion.

Heutzutage ist es nun deutlich wärmer als ,damals'. In den Wintern der letzten Jahre ist das Thermometer in meiner Gegend nur knapp unter den Gefrierpunkt gefallen. Im Vergleich zu den Werten vor ein paar Jahrzehnten ist es jetzt fünf bis zehn Grad wärmer – was das Ausbleiben von Schnee erklärt. Immerhin ist es noch kühl genug, um die von einer Windel ausgehende Wärme am Unterleib deutlich spüren und als angenehm empfinden zu können. Allerdings lasse ich immer häufiger die lange Unterhose oder die Strumpfhose weg, weil es mir dafür nicht kalt genug ist. Die Wärmeminderung durch den Wegfall dieser Stoffschichten macht sich in Sachen Erektion nicht wirklich bemerkbar, vielmehr dauert es etwas. Allerdings benötige ich in der ,kalten' Jahreszeit deutlich weniger Zeit dafür als im Sommer.

Während mir die aktuellen Winter in Zeiten des Klimawandels beim Windeltragen keine Probleme bereitet, sieht das bei den derzeitigen Sommern ganz anders aus. Ich dachte mit Grausen an den letzten Sommer zurück, in dem ich tatsächlich an zwei Tagen die Windel abgelegt habe, weil es mir einfach zu heiß war. Ich hatte das Gefühl, dass die Windel keine Wärme, sondern eine große Hitze entwickelte, die meinen Unterleib enorm aufheizte. Dieses Hitzegefühl erstreckte sich rasch auf meinen ganzen Körper, so dass dieser von oben durch die Sonne und von unten durch das Innere meiner Windel stark erwärmt wurde. Dagegen half auch kein häufiges Trinken.

Etwas Linderung verspürte ich immer nur dann, wenn die Windel zum Wechseln geöffnet und abgenommen wurde. Da aber recht schnell eine neue Windel angelegt wurde, hielt die Linderung immer nur kurze Zeit an. Es war für mich nur sehr schwer zum Aushalten – ganz besonders bei der Arbeit, denn zur Fehlervermeidung war ja Konzentration erforderlich. Wenn ich aber von der Hitze draußen und der in meiner Windel geradezu gequält wurde, litt meine Konzentrationsfähigkeiten ziemlich stark. Die Wärme meiner Windel, die bisher Quell von Freude war, wurde an solchen Tagen zu einer unangenehmen Begleiterscheinung, die schnell für berufliche Probleme sorgen konnte. Angesichts des Stellenwertes meiner Arbeit als meiner persönlichen wirtschaftlichen Basis musste also die Windel weg, um die berufliche Einsatzfähigkeit nicht zu beeinträchtigen.

Nun gehört das Tragen einer Windel jedoch zum Leben eines erwachsenen Babys dazu. Es ist sogar im Grunde der alle AB verbindenden gemeinsame Nenner, da nicht alle ihr Faible in gleicher Intensität ausleben (können). Aber wenn dieser Bestandteil des Faibles zu einer zumindest temporär begrenzten großen Unannehmlichkeit wird, kann man gerade im Berufsleben schnell abgelenkt sein und dadurch Probleme bekommen. Die einfachste Lösung wäre an heißen Tagen das Ablegen oder der Verzicht auf Windel und Gummihose, aber wäre das dann kein Stilbruch?

Ich sinnierte hin und her. Richtige Babys tragen immer Windeln, auch wenn es heiß ist. Das würde auch nicht anders gehen, weil sie ihre Körperfunktionen noch nicht unter Kontrolle haben und alles verschmutzen würden. Bei erwachsenen Babys sieht das allerdings anders aus: Wir haben uns unter Kontrolle, wollen es aber nicht immer. Wir könnten also durchaus für eine gewisse Zeit auf das Tragen einer Windel verzichten. Dann würden wir weniger unter der Hitze leiden, allerdings würde ich damit gleichzeitig aus meiner Rolle fallen. Darf man als Adult Baby beim Auftreten einer Schwierigkeit aus der Rolle fallen oder zeichnet es ein ‚richtiges' AB aus, genau das nicht zu tun?

Wieder dachte ich angestrengt nach. Im Unterschied zu richtigen Babys haben wir zwei Nachteile: Zum einen müssen wir einem Beruf nachgehen, um den Lebensunterhalt zu erwerben. Dabei müssen wir konzentriert bei der Sache sein, weil uns anderenfalls Fehler unterlaufen würden, die gewöhnlich zu Ärger mit dem Vorgesetzten führen. Des Weiteren werden wir bei Aufenthalten in der Öffentlichkeit, unabhängig davon, ob es sich dabei um den Arbeitsplatz oder um Freizeitaktivitäten handelt, nicht so umsorgt wie richtige Babys. Diese werden in einem Kinderwagen mit Schatten spendendem Verdeck herumgefahren und auch sonst so versorgt, dass sie möglichst gut vor der Hitze geschützt sind. Als erwachsenes Baby bewegt man sich jedoch bestenfalls mit einem Hut oder einer Mütze in der Öffentlichkeit, und auch ein schattiges Plätzchen kann man nicht immer aufsuchen. Die Ausgangsvoraussetzungen unterscheiden sich also ganz erheblich. Deshalb muss es in meinen Augen erlaubt sein, zwecks Kompensation der beiden Nachteile von der Rolle abweichen zu können.

Die beiden Nachteile führen dazu, dass wir die von der Windel erzeugte Hitze nicht kompensiert bekommen. Da wir zudem gegen die Hitzeeinstrahlung der Sonne machtlos sind, kumulieren sich beide Faktoren und bereiten uns Probleme. Ich habe deren Auswirkungen wiederholt zu spüren bekommen. Um zumindest im beruflichen Bereich das Risiko von Problemen auf Grund von Unkonzentriertheit reduzieren zu können, habe ich mir daher als Kompensationsmaßnahmen vorgenommen, im Falle eines erneut heißen Sommers an den Temperaturspitzen auf Windel und Gummihose zu verzichten. Das wird sicher ein sehr ungewohntes Gefühl sein, aber ich sehe keine andere Möglichkeit, um das Hitzeproblem reduzieren zu können. Natürlich wird es mir wegen des Stilbruchs leid tun, aber die Konzentrationsfähigkeit im Beruf ist in meinen Augen wichtiger als das stilechte Ausleben eines Faibles. Schließlich soll das Ausleben der Rolle als erwachsenes Baby Spaß bereiten und keine (beruflichen) Probleme schaffen. Wenn ich in vielen Jahren mal Rentner sein werde, werde ich diese ganz persönliche Maßnahme natürlich wieder überdenken. Bis dahin werde ich aber wohl an dem einen oder anderen Tag aus meiner Rolle fallen. Aber vielleicht wird es in diesem Sommer ja nicht so heiß wie befürchtet werden – die Vorhersagen lassen jedoch eine Hitzewelle erwarten...